이렇게 살아도 돼

# 이렇게 살아도 돼

지금의 선택이 불안할 때 떠올릴 말

박철현 글·사진

하빌리스

# 그렇게 마냥 착한 사람은 아니다

작년 9월에 책을 한 권 냈다. 『어른은 어떻게 돼?』
(어크로스, 2018)라는 제목의 에세이집이다. 여러모로 화제가 됐고,
과도한 찬사를 받았다. 거슬러 올라가 9년 전에도 한 권의 러브스
토리를 출간했다. 『일본 여친에게 프러포즈 받다』(창해, 2010). 이
때도 많은 칭찬을 들었다.

사실 마음은 편하지 않았다. 왜 편하지 않은가 곰곰이 생각해 보
니 두 가지 이유가 있다. 먼저 전작들에 공통적으로 담긴 내용이,
물론 사실이긴 하지만, 인생의 밝은 부분만 다뤘기 때문이다. 무
엇보다 내가 너무 착하고 배려심 많은 시대의 훈남으로 묘사된다.
이게 영 껄끄러웠다.

두 번째로 내 일業에 관한 이야기가 거의 들어가지 않았다. 저널리스트 생활을 한 건 불과 8-9년이다. 일본에서만 18년을 살았는데 나머지 10년은 어떤 일을 하며 산 것일까. 아무도 잘 모른다. 독자들 대다수는 아마도 일본 여자와 결혼해 네 명의 아이를 낳아 그들과 함께 항상 행복하게 잘 살고 있는 의지의 한국인이라고 생각할 것이다. 그러한 판단을 내 스스로 깨어 주고 싶었다.

그래서 언젠간 뒷면의 이야기도 써야겠다고 줄곧 생각해 왔다. 한국에서 도피하듯 날아와 18년이나 외국 땅에서 살다 보면 별의별 신기한 경험을 하게 된다. 특히 나 같은 경우엔 동양 최대의 환락가라 불렸던 가부키초歌舞伎町에서 일본을 처음 만났다. 세월이 지난 후엔, 어둠이 내려앉으면 온갖 유흥과 환락이 기지개를 펴는 우에노上野 한복판에서 술집을 운영했다. 그런 나에게 뒷세계는 필수불가결한 요소다. 아니, 오히려 정량적으로 따지면 뒷세계에서 보낸 시간이 훨씬 길었을 것이다.

이런 이야기를 제쳐두고 마냥 밝은 이야기만 내리 써왔던 것, 그리고 그것을 읽은 독자들의 과도한 찬사나 감상이 나 자신을 속이는 것처럼 느껴졌다. '내가 이렇게 마냥 착한 사람은 아닌데 이걸 어떡해야 하나'라는 고민이 줄곧 머릿속을 맴돌았다. 이런 고민을 페이스북Facebook에 언뜻언뜻 내비치던 중, 이번 책의 편집자가 "뭘 고민하냐? 그거 써서 내 보자"라고 제안해 왔다.

처음에는 말도 안 된다고 생각했지만 그는 "독특하면서도 보통 사람은 상상하기 힘든, 네가 일본에서 경험한 업業에 관한 이야기만 써도 많은 독자들에게 울림이 있을 거야"라며 나를 설득했다. 그리고 나도 결과는 어떨지 모르겠지만, 시험대에 올라가는 느낌으로, 즉 내 소재의 원천인 가족들을 거의 언급하지 않는(그래도 조금은 들어가지만) 순수한 내 생존스토리에 한번 도전해 보기로 했다. 이 책은 그렇게 나왔다.

결국, 내가 경험한 사람과 일의 이야기다. 일본 사회에 대한 엄청난 우려와 열정적인 찬사가 공존하는 지금, 2001년에 일본으로 건너와 18년 동안 살면서 만난 그들을 가감 없이 풀어놓았다.
에세이이지만, 누군가에겐 마치 드라마로 읽힐 수 있는 이 이야기를 꼭 내자고 적극적으로 달려든 편집자 박정훈, 빨리 내라고 매일같이 닦달해 준 페이스북 친구들에게 무한한 감사를 드린다.

2019년 5월
도쿄 이리야入谷 테츠야공무점テツヤ工務店에서

# 목차

## 03 이렇게 살아도 돼

01

이게
사는 건가

# 기숙사
# 관리인

2001년 9월, 도쿄에서도 매우 서쪽에 해당하는 고쿠분지国分寺시에 갔다. 적어도 6개월은 살아야 할 기숙사가 있기 때문이다. 지금처럼 스마트폰 지도 서비스가 있는 것도 아니고, 종이 지도 한 장과 어설픈 일본어를 무기로 물어물어 기숙사에 도착했다. 그런데 기숙사 관리인이 없다. 내가 따로 받은 팸플릿에는 한국인 관리인의 사진과 이름이 기재되어 있었고 그에게서 방을 배정받으면 된다는 안내가 적혀져 있었지만 그가 없으니 어떻게 할 도리가 없다.

팸플릿 자료를 들고 기숙사 건물 입구에서 하염없이 기다렸다. 기다리는 서너 시간동안 기숙사를 드나드는 사람들이 커다란 여

14년이 지난 후에도 기숙사 건물은 그대로였다.
그 자리에 머무는 사람만 변했을 뿐.

행용 가방 두 개를 들고 우두커니 서있는 나를 힐끗힐끗 쳐다봤다. 그들은 대부분 동양인, 즉 한국인, 대만인들이었지만 누구도 나에게 말을 걸지 않았다. 나 역시 원래는 쾌활한 성격이지만 이상하게도 그들 중 누구에게도 먼저 말을 걸지 못했다. 쫄았던 것 같다. 누구 하나 아는 사람 없이 외국에 왔고, 게다가 일본어도 잘 못하니 위축된 셈이다. 을씨년스러운 날씨 탓도 있었고.

한국에서 사온 디스 슈퍼라이트 담배를 피우면서 그때나 지금이나 가격이 비슷한 조지아 에메랄드 블루마운틴 캔 커피를 아껴가며 마셨다. 커피값 120엔이 아까워 담배 한 대 피우면 한 모금,

또 한 대 입에 물고 한 모금. 165그램짜리 캔 커피 하나를 2시간에 걸쳐 마신 기억은 아마 그때가 처음이자 마지막일 것이다.

"아 미안, 미안. 수업이 늦게 끝나버렸네. 박철현 씨 맞지?"

갑자기 들려온 내 이름, 아니 한국어에 번뜩 놀라 피고 있던 담배를 서둘러 비벼 껐다. 고개를 돌려 쳐다보니 팸플릿에 얼굴이 실려있던 관리인이 내 앞에 서 있다. 단박에 알아봤다. 2시에 도착해서 저녁 6시까지 몇 번이고 팸플릿을 읽었더니 어느새 그의 얼굴이 내 머리 속에 각인돼 있었다.

일본에 와서 처음 들어보는 한국어였다. 수업이 뭔가 했다. 설마 나처럼 일본어 학교에 다니고 있나?

"아, 안녕하세요. 연락처를 받긴 했는데 어떻게 전화하는 줄 몰라서 연락을 못했습니다."

그러자 그가 껄껄 웃으며 "날씨도 안 좋은데 들어가 기다리지 그랬어. 로비에 공중전화 있는데."라며 자연스럽게 반말을 쓴다. 평소라면 마음 속으로라도 '어디서 봤다고 반말이야?'라는 생각을 할 법도 한데, 이 사람 생김새가 워낙 중후하고 웃는 인상이 괜찮다. 동네 형 스타일이다. 그리고 본격적인 '한국어'가 너무 반가워 반말 따위 아무래도 좋았던 것 같다.

그를 따라 들어가 방을 배정받았다. 4평 남짓한 조그만 2인용

방이다. 세 달치로 12만 엔을 냈으니 월 4만 엔(40만원)꼴인데, 생판 모르는 사람과 살아야 한다. 대학 다닐 때 잠깐 거주했던 노량진 고시촌 쪽방보다 더 열악하다. 실망스러운 표정이 읽혔는지 관리인이 아무렇지도 않게 말한다.

"일주일이면 적응해. 다 그렇지 뭐. 그리고 3개월 지나면 다들 나간다. 너도 나가게 될 거야."

말도 안 되는 소리라고 생각했다. 그 발언이 매우 습관적이었고 무미건조하게 들려 더 그렇게 느껴졌을지도 모른다. 일본어도 안 되고, 아는 사람도 없는데 어떻게 나간단 말인가. 혼자 어리둥절해하는데 관리인은 한마디 더 한다.

"다들 나가는데 나만 여기 지키고 있지. 학위를 받아야 하니까. 시간이 참 빠르다."

나한테 하는 말이 아니다. 스스로에게 되묻는 말이다. 3개월의 기간을 두고 쉴 새 없이 바뀌는 수십 명의 입주자를 관리하는, 쳇바퀴 돌리는 하루하루의 인생을 되씹는 듯한 독백이다.


그는 정말 바빠 보였다. 기숙사는 잠깐의 공실이 생겨날 때가 있긴 했지만 기본적으로 만실이었고 그는 갖가지 잡무를 다 했다. 관리인의 당연한 임무이지만, 입주자들의 온갖 불평불만을 들어가며 혼자서 동에 번쩍, 서에 번쩍 일처리를 도맡아 하는 건 보통 일이 아니다. 모든 일이 끝나면 밤 10시쯤 된다. 그때부터 관리실 책상에 앉아 공부를 한다. 원래 전공은 관광경영인데 박사학위는 경영학이라고 한다. 내가 일본어 학교 생활에 적응할 무렵, 기숙사로 돌아와 취침하기 전에 담배를 피러 나가면 그도 꼭 담배를 피러 나왔다. 둘이 자판기 옆의 벤치에 나란히 앉아 한국에서 보내왔다는 인스턴트 커피믹스를 마신다.

"6년째 여기 살고 있지만 자판기 커피 비싸잖아. 그래서 와이프한테 보내 달라고 했지. 한국사람은 이게 맞아. 하하하."

결혼도 했고 아이도 있지만, 일본에는 혼자 왔고 몇 년을 그렇게 버티고 있단다. 어떻게 6년이나 매일 저런 생활을 하며 버틸 수가 있지? 아이들은 보고 싶지 않은 건가? 일본 생활 1개월짜리 초심자의 눈으로는 이해가 잘 되지 않는다.

"혼자니까. 그리고 누구나 다 적응해. 너도 적응했잖아. 처음 저기서 네 시간이나 서 있던 때를 떠올려 봐. 지금 생각하면 웃기지 않아?"

"그러고 보니 정말 그러네요."


그렇게 두어 달이 흘러갔다. 기숙사에서도 어느 순간 고참이 됐고, 나처럼 기숙사 앞까지 도착해서 어쩔 줄 모르는 친구를 보기도 했다. 그럴 땐 먼저 말을 걸었다. 아니, 아예 관리인에게 전화를 걸었다. 새로 입관하는 친구가 온 것 같은데 어떻게 해야 하냐고 묻는 나에게 관리인이 말한다.

"그 앞에 입관서류 있으니까 좀 쓰라고 해. 방 호실도 거기 써놨으니까 안내도 좀 부탁할게."

이런 경우가 조금씩 늘어나면서 언젠가부터 부관리인 비슷한 처지가 됐다. 관리인이 없을 때는 알아서 처리했다. 불평불만도 들어주고 화장실 휴지도 갈아주고, 쓰레기 분리수거도 하고. 관리인 말이 맞다. 적응되더라. 그것도 며칠 만에. 뭐든 몸에 배여 일상의 루틴이 되면 아무렇지도 않다. 경험해보지 않은 사람들이 바깥에서 판단하는 것과 실제 내 루틴이 되어버린 일은 전혀 달랐다. 마지막 1개월간의, 정식으로 임명되진 않았지만 누구나가 인정하는 암묵적인 부관리인 생활이 이후 18년에 달하는 내 일본 생활에 큰 도움이 됐다.

3개월 후 정말 그의 예언(?)대로 나도 기숙사를 떠나게 됐다. 지금의 아내를 만나 같이 살기로 했기 때문이다. 기숙사를 떠나기 일주일 전 관리인이 밤늦게 나를 부른다. 11월 말이다. 쌀쌀한 늦가을 밤 공기가 감싸는 날, 자판기 앞 벤치에 나란히 앉았다. 이번에는 커피믹스가 아니다. 둘의 손에 들려진 아사히 캔 맥주로 건배하며 헤어지는 준비를 했다. 일본에서의 첫 헤어짐이다.

이렇게 살아도 돼

"네 덕분에 고마웠어. 공부할 시간도 늘었고."

"아뇨. 오히려 제가 고마웠어요. 적응이란 걸 가르쳐 주셔서."

"아냐. 넌 뭘 해도 잘할 거야."

"아이고 과찬이십니다."

"만약에 여자 친구랑 혹시라도 문제 생겨서 살 곳이 없어지면 다시 오고."

"아니, 무슨 악담을……."

"하하하. 아무튼 행복해라. 넌 이제 혼자가 아니니까."

"네. 감사합니다."

그렇게 마지막 모금을 마신 며칠 후 우리는 헤어졌다.


그 뒤로 14년이 지난 2015년 9월, 근처에 간 김에 기숙사를 다시 찾아갔다. 기숙사 건물은 그대로였고 자판기와 식당마저 그대로였지만 입주해 있는 것은 어떤 기업이었다.

입구의 경비원은 "5년 전에 여기로 이사 왔는데 그 전에는 어떤 곳이었는지 잘 모르겠다"라고 고개를 갸웃거린다. 자판기 커피 하나 뽑아 마셔도 되겠느냐 허락을 맡았다. 120엔짜리 조지아 에메랄드 블루마운틴을 벤치에 앉아 마신다. 늦여름 후덥지근한 불쾌지수가 조금은 사라지는 그 순간, 그와 함께 마시던 커피믹스가 아주 잠깐 생각났다.

십수 년이 흘러도 여전히 같은 자리를 지키고 있는 자판기.
모든 것이 추억이면서 또 현실이다.

# 계기

"와! 한국에도 경마가 있구나! 왜 이걸 몰랐지?"

지금은 사라진 '동일본문화학교'라는 일본어 학교를 1년간 다녔다. 하지만 내 온 신경은 일본어 공부보다 '어떻게 해야 돈을 벌 수 있을까?'에 집중돼 있었다. 왜냐하면 빚이 많았기 때문이다.

사실 일본에 온 가장 큰 이유도 빚 때문이었다. 한국에서 다녔던 게임회사의 일본인 상사 마쓰나가 겐타로松永健太郎가 먼저 귀국하면서 "나중에 일본 게임업계 일을 해보면 어떻겠냐?"라고 말한 것도 있고, 외국에서 한번쯤 길게 생활해보고 싶었던 개인적 욕구도 존재하긴 했지만, 보다 본질적인 이유, 그러니까 2001년 그때 나는 도저히 한국에서 살아갈 수가 없었다. 갚고 또 갚아도 빚이 줄지 않았기 때문이다.

 전적으로 내 잘못이고 부끄러운 과거라 그동안 누구에게도 말
하지 않았는데, 사실 그때 나는 경마에 빠져 살았었다. 주말마다
서울 강남구 학동의 장외 마권발매소에 갔다. 처음엔 몇 천 원씩
심심풀이로 하다가 누구나 그렇듯 점점 액수가 올라갔다.
 경마에 빠지게 된 외부적 요인은, 직속상사 마쓰나가 겐타로였
다. 게임회사 일 때문에 한국으로 파견나와 살았던 그는 평일에는
회사 일을 하면 되니까 괜찮았지만 주말이 되면 무척 심심해했다.
일본 유학파인 회사 대표가 일본어도 되고 해서 같이 놀아줬는데,
도저히 안되겠던지 어느 날 나를 불렀다.
 "너 주말에 마쓰나가 하고 좀 놀아줘라. 네 일본어도 늘 테고, 좋
잖아."
 근로기준법 따윈 아무 상관없었다. 하물며 게임회사다. 일과 사
생활의 구분 자체가 무의미한 블랙 업종의 대표격이다. 하지만 거
부감이 들지 않았다. 게임회사 전에 영화 프로덕션을 다녔기 때문
에 그런 일엔 적응돼 있다. 선선히 "알겠습니다. 대표님 말마따나
저도 일본어 배우고 좋죠"라며 오히려 기쁜 마음으로 받아들였던
기억이 난다. 대표는 내 적극적인 태도에 자신감이 생겼는지 한술
더 떠 아예 회사 숙소가 있던 논현동 원룸 빌라로 이사하라고 권

유했고, 월세 안 들겠다는 생각에 그 미끼도 덥석 물었다. 지옥길이 열린 줄도 모르고 말이다.

이사하고 보니 내 원룸과 마쓰나가의 원룸은 바로 붙어 있었다. 출근, 퇴근은 물론 그의 한국생활 가이드를 도맡아 해야 했다. 호기심 많은 그는 한국의 모든 것을 신기해했다. 거의 24시간을 함께 보내는 가이드가 한 명 붙었고, 게다가 그 가이드가 직속 부하다 보니, 지금까지 궁금했지만 차마 대표에게는 물어보지 못했던 것들을 모조리 물어왔다. 회사에서 숙소까지 원래라면 도보 10분이면 도착하는 거리가 30분 넘게 지체된 적도 한두 번이 아니다.

뭐, 괜찮았다. 나 역시 애초의 목적이었던 일본어가 몰라보게 늘어났고(물론 일본에 오자마자 착각임을 금방 알게 됐지만) 월세를 회사가 대신 부담해 주는 것에서 오는 경제적 이득도 꽤 컸기 때문이다. 몸은 피곤했지만, 이것저것 토털로 따져보면 남는 장사였다. 적어도 처음 한 달간은.


악몽은 한 달 후 시작됐다. 서로의 언어를 어느 정도 습득하게 된 2000년 겨울, 여느 때와 다름없이 그와 주말을 보냈다. 산책을 좋아하던 그와 함께 도산공원을 거쳐 신사동, 논현동, 학동 일대를 산보하던 도중 갑자기 그가 멈춰 선다. 시선을 위로 천천히 올리더니 더듬거리는 한국어로 간판을 읽어 내려간다.

"한…국…마사회…장외 방매…아니 발매…소."

지금은 사라졌지만 당시 학동사거리에는 한국마사회의 장외발매소가 있었다. 마쓰나가는 그 건물 앞에 멈춰 선 채, 건물 외벽에 설치된 모니터를 뚫어지게 쳐다봤다. 여하튼 호기심 하난 왕성하다니까. 매일 보는 광경이니 기다려줬다. 그런데 모니터를 쳐다보는 눈빛이 점점 달라지고 움직일 낌새가 안 보인다. 내가 먼저 가볍게 물었다.

"이거 한국경마야. 경마 알아? 호스 레이스horse race?"

말 타고 채찍질하는 흉내를 내면서 설명을 하는데, 그가 가소롭다는 듯 웃는다. 그때까지만 해도 몰랐다. 일본이 얼마나 경마 대국인지를. 그래도 마쓰나가는 "와! 한국에도 경마가 있구나. 왜 이걸 지금까지 몰랐지?"라며 지금까지 한 번도 들어본 적 없던 환희에 들뜬 목소리로 이렇게 덧붙였다.

"철현! 경마할 줄 알아? 이거 나한테 하는 법 좀 가르쳐 줘."

경마는 한 번도 해 본 적이 없었기 때문에 고개를 갸웃거렸다. 그러자 그는 "베팅 원리는 일본이랑 비슷할 테니까 단어만 가르쳐 줘"라고 계속 조른다.

아니, 경마 못해 죽은 귀신이 있나? 뭐 하러 이런 걸 하지 속으로 툴툴거리면서 입구 안쪽 옆의 인포메이션 탁자에 놓여 있던 경마 베팅 설명서를 하나 집어 들고 소파에 앉았다. 다른 아저씨들이 흘깃흘깃 쳐다본다. 하긴 레이스가 한창 진행되고 있는데, 젊은 녀석 둘이 소파에 앉아 아무도 안 쳐다볼 법한 베팅 팸플릿을 손에 들고 펜으로 일본어, 영어, 한국어가 뒤섞인 글자를 써 가며 상담(혹은 강의)을 하고 있으니, 그들 마장이의 눈에는 이상하게 비치는 게 당연할지도 모르겠다.

그렇게 한 30분 정도 지났을까. 연신 고개를 끄덕거리며 메모를 하던 마쓰나가가 힘차게 일어난다.

"욧시! 알았어. 일본보다 간단해. 산렌탄三連單과 와이드가 없으니까 확률도 높고. 앞으로 심심할 때 여기 오면 딱 좋겠다."

무슨 말인지 하나도 모르겠지만 아무튼 뿌듯해하는 그의 모습을 보니 나도 덩달아 기분이 좋아진다.


지갑에서 만 원짜리 한 장을 꺼낸 마쓰나가는 성큼성큼 활기찬 보폭을 떼며 발매 창구로 가다가 중간에 갑자기 멈추더니 나를 돌아봤다.

"철현은 안 해?"

"네? 저는 한 번도 해 본 적이 없는데…."

"간단해. 천 원으로 놀 수 있어. 나 거는 곳에 같이 걸면 돼."

주객이 전도된 느낌이다. 아니 내가 자기한테 가르쳐 준 건데, 뭐 저런 건방진 태도에 마치 다 아는 양 나서는 거야? 괜한 자존심이 피어오른다.

"천 원 가지고 되겠습니까? 저는 삼천 원 걸 겁니다."

    몇 번 레이스인지 우승마는 뭐였는지 하나도 기억나지 않는다. 하지만 단승식에 걸었다는 것과 1.8배의 배당률만큼은 이상하게도 선연히 남아있다. 두 번째 인기마에 3천 원을 건 기억도 뚜렷하다. 그리고 그 말이 1등으로 골인했다. 3천 원이 3분 후 5,400원이 되었다. 여러모로 불가사의한 기분에 빠져든다. 순식간에 2,400원을 벌었다는 기쁨도 있지만, 결승선에 임박해 마지막 스퍼트를 내는 경주마들이 20인치 모니터 화면을 가득 채운다. 그 화면을 수십, 수백 명이 일제히 지켜본다. 환성과 탄식은 증폭되고 클라이맥스가 지나면 여기저기 찢어져 흩날리는 마권들이 가득하다. 장외발매소 스피커에선 "마권은 휴지통에 버려주세요"라는, 약간은 히스테릭한 안내 방송이 흘러나오지만 아랑곳하지 않는 아저씨들 천지다. 승자는 발매 창구 건너편에 설치된 자동 환급기로 간다. 패자는 방금 전의 세상 무너지던 탄식은 어디로 갔는지 금세 모니터를 다시 뚫어져라 쳐다본다. 다음 레이스가 바로 시작하기 때문이다. 이 모든 것들이 비일상적, 비현실적으로 다가왔다.

    그날 처음의 3천 원은 4만 원이 됐다. 다섯 레이스에 걸었는데 네 번의 레이스를 맞췄다. 간단했다. 가장 배당률이 낮은, 즉 우승

이렇게 살아도 돼

가능성이 가장 높은 경주마에 단승식으로 걸었을 뿐이다. 두어 시간 만에 10배의 이문을 남겼다. 마쓰나가는 복승식(1, 2착을 예상하는 베팅 방식, 맞추기는 어렵지만 대신 배당률이 높다)을 주로 했는데 두 레이스를 맞춰 3만 원을 땄다. 쾌승이었다.

다음 주말부터는 마쓰나가와 나, 누가 먼저랄 것도 없이 장외

현대식으로 바뀌어버린 장외마권 발매소, 하지만 사람들의 행동은
그때나 지금이나 똑같다.

발매소로 향했다. 잃고 따고, 잃고 잃고 따고, 잃고 잃고 잃고 따고……. 따는 횟수보다 잃는 횟수가 조금씩 늘어나고 있을 때 마쓰나가가 파견근무를 마치고 일본으로 귀국하게 됐다.

"나중에 일본에 와. 넌 일본 생활이 어울릴 것 같아."

회사에서 환송회를 마치고 논현동 빌라로 돌아가던 길에 그는 약간은 취한 목소리로 혼잣말하듯 툭 내던졌다.

네, 네. 갈게요, 하고 건성으로 답했다. 내 머릿속엔 당장 다음날 열릴 코리아컵 레이스에 온 신경이 집중돼 있었기 때문이다.

그리고 완전무결한 지옥은 그가 떠난 후 비로소 찾아왔다.

이렇게 살아도 돼

# 논현동
# 사채업자

"노리던 경주는 해야지. 바로 빌려드릴 수 있어요."

지금은 어떻게 변했는지 모르겠지만 18년 전 논현동, 학동 일대
에는 사채업 사무실이 수두룩했다. 허름한 낡은 빌딩 2, 3층 창문
에 '기획'이나 '흥업' 간판을 단 10평 남짓한 사무실은 백이면 백
사채업 사무실이었다.

논현동 골목 뒤쪽 원룸 빌라촌에는 그들의 고객들이 무척 많이
살았다. 호스티스, 호스트가 대표적이었고, 그 외에도 정상적인 직
업에 종사한다고 보기엔 힘든 사람들이 많이들 거주했다.

간장게장 골목을 지나면 마쓰나가와 내가 살던 원룸 빌라가 나
오는데, 새벽녘에야 일을 마치고 간장게장에 해장국, 설렁탕을 먹

는 친구들은 9할 이상 유흥업에 종사하는 이들이었다. 우리가 살고 있던 빌라도 우리만 빼고 다 그쪽 계통 친구들이 살고 있다고 생각될 정도였다. 그들은 사채업자의 중요한 고객이었고 아침에 옆집 대문을 쾅! 쾅! 두드리는 소리에 눈을 뜬 적이 한두 번이 아니다.

윤종빈 감독, 하정우 주연의 영화 〈비스티 보이즈〉가 나왔을 때, 나는 이 영화를 극강의 리얼리티를 갖춘 영화로 칭송했는데, 그게

논현동 간장게장 골목 역시 관광객들의 먹거리 명소로 변해버렸다.
비스티 보이즈의 세계는 어디로 갔을까.

다 이때 경험에서 나온 것이다.

처음엔 "아, 진짜 돈 좀 제때 갚지. 아예 빌리질 말던가."라고 투덜거리며 잠에서 깼다. 하지만 몇 달 후 내게 똑같은 상황이 벌어진다.

발단은 역시 경마였다. 마쓰나가가 떠난 후, 평일에는 물론 일을 했다. 하지만 주말이 다가오면 아드레날린이 분출한다. 뇌는 명령하지 않지만 손이 발매소 옆 가판대의 경마정보지를 집어 든다. 빨간 펜과 파란 펜 마킹을 동시에 구사해 가면서 면밀하게 분석한다. 과거 전적의 통계도 내고 새로운 말일 경우 혈통을 본다. 기수와의 상성도 당연히 체크한다. 그렇게 만반의 준비를 마친 후, 일요일 아침이면 승리의 기대감에 들떠 전쟁터로 진군한다. 그리고 몇 시간 후면 마음도 몸도, 결정적으로 지갑도 너덜너덜한 패잔병이 된다. 아예 못 맞추면 모르겠는데, 3할은 맞추니까 문제다.

처음에 잘 맞으면 컨디션이 좋은가 보다 싶어 무리하게 걸다가 다 잃어버리고, 처음에 안 맞으면 군자금이 얼마 남지 않은 상태에서 배당률이 높은 레이스(즉, 딸 확률이 적은 레이스)를 노리다가 잃고. 결국 뭘 어떻게 해도 안 되는 거다.

착실하게 모아뒀던 저금 200만 원 정도는 불과 한 달 만에 바닥났고 그다음부터는 신용카드 현금서비스를 받기 시작했다. 30만

원, 50만 원, 100만 원…… 현금서비스 한도액을 초과하자 돈 나올 곳이 없었다. 마지막 현금서비스로 받은, 최후의 만 원을 날려버렸을 땐 머릿속이 하얘졌다. 일본 권투만화 『내일의 죠明日のジョー』의 마지막 장면처럼 새하얗게 불태운 심정이 된다.

그래도 긍정적으로 생각했다. '돈 자체가 없으니 경마도 끝이다, 오히려 잘 됐다, 시간은 좀 걸리더라도 신용카드 빚진 거 열심히 갚고 다시 저축해야지'라고 새롭게 다짐했다.

툴툴 털어버리고 장외발매소 문을 열고 밖으로 나오는데 해가 중천에 떠 있다. 벽에는 아직 5번의 레이스가 남아있음을 알리는 소형 전광판 불빛이 점멸 중이다. 다음다음 레이스, 즉 7번째 경주는 반드시 맞출 자신이 있었던 경주다. 좀 쉬었다가 할걸. 이내 후회가 밀려온다.


우두커니 서서 전광판을 쳐다보던 그때 청량한 톤으로 누군가가 말을 걸어왔다.

"노리던 레이스가 있었던 모양이네. 어떻게, 좀 빌려드릴까? 젊은 사장님?"

젊은 사장님이라는 그 말이 묘하게 웃겨서 고개를 돌려보니 말쑥한 정장을 차려입고 머리를 멋지게 넘긴, 나보다 몇 살 정도 많아 보이는 젊은 사내가 세컨드 백을 들고 서 있다. 뭔 소린가 했는

이렇게 살아도 돼

데, 발매소 입구 주위를 둘러보니 비슷한 사람들 대여섯 명이, 나 같은 처지로 보이는 다른 사람들에게 똑같은 멘트를 날리고 있다. 하긴 매주 보던 사람들이다. 경마장에 와서 경마는 안 하고 밖에만 서 있는 세컨드 백 남자들.

어리둥절 서있는 나에게 그는 매우 자연스럽게 명함을 준다. 대광기획 영업부 김치환. 19년이 지난 지금도 절대 잊을 수 없는 그 이름.

"지금 간단한 차용증 하나만 쓰고 일주일 후에 갚으면 무이자"라며 말을 걸어온 그는 "사실 이번 달 내 실적이 좀 그래서 그래. 우리 동생이 나 좀 도와줘요. 이자 같은 거 필요 없어. 그냥 실적하나만 올려주면 내가 정말 너무 고맙겠어. 10만 원만 좀 해줘, 응?"이라며 엄청난 화술과 자연스러운 연기를 선보였다. 오죽하면 그의 반말조차 친근하게 느껴질 정도였으니까. 게다가 돈 빌려주는 사람이 '10만 원만 해 줘'라고 표현하는 것도 웃겼다. 곧이곧대로 들으면 돈 좀 빌려달라는 뉘앙스다.

그런데 내 머리는 이미 빌리지도 않은 돈을 갚을 계산을 하고 있었다. 사흘 후 월급이 들어오니 10만 원이라면 별로 문제가 없을 것 같다. 현금서비스는 다음 달 10일까지만 메우면 되니까 어떻게든 해결하면 된다. 이런 생각들은 7번째 레이스를 반드시 해야 한다는 이유 만들기에 불과했지만 나름대로의 정당성과 논리성을 갖추고 있다고, 무리하게 머리에 주입시켰다.

회사 명함을 건네준 다음 그는 내 주민등록증을 조그만 삼성 카메라로 찍었다. 차용증 두 장에 이름과 주소를 쓰고 사인을 했다. 한 장은 그가, 한 장은 내가 가졌다. 그는 세상 다시없을 환한 미소를 띠며 "아이고 우리 동생, 아참 동생 맞죠? 내가 30이니까. 자긴 아무리 봐도 20대 초반 같아, 그렇지?"라며 내 대답 따윈 상관없다는 동작으로 세컨드 백에서 10만 원을 꺼내 준다.

"돈 마련되면 일주일 이내에 연락하면 돼. 여기 내 명함에 있는 핸드폰으로. 아! 이거 보니까 자긴 사는 데도 회사도 근처니까, 그냥 우리 사무실 직접 찾아와서 갚아도 되겠다. 동네가 가까우니까 이런 게 좋네. 그럼 굿 럭!"

손을 흔들고 나와 떨어진 그는 다시 장외발매소 입구 근처를 배회했다. 나와 눈이 마주치면 씩 웃으며 경마장 안으로 들어가라는 손짓을 반복한다. 모든 면에서 사채업자 같지 않았다. 친근한 선배 형 같은 분위기가 한껏 풍겨왔다.

아무튼 그렇게 빌린 10만 원으로 노렸던 7번 레이스를 맞추었고, 가진 돈은 13만 원이 됐다. 7번째 레이스가 끝난 후 10만 원을 바로 갚고 싶어 밖으로 나갔는데 그가 안 보인다. 명함을 꺼내 그의 휴대폰으로 전화를 걸었다. 소리샘(음성사서함)으로 연결된다. 메시지를 남겼다. 돈 바로 갚고 싶은데 어디 계시냐고. 아무리 적은 돈이라도 사채는 사채다. 막연한 두려움 때문인지 몰라도 빨리 갚고 싶었다. 잠시 후 전화가 걸려왔다.

"와! 정말 맞췄나 보네. 대단하다. 우리…(사이) 철현 씨."

"네. 운 좋게 맞춰서요. 지금 어디 계세요?"

"아, 지금 사무실에서 급한 연락이 와서 다른 동네 가는 길인데, 여섯 시쯤 거기 갈 테니까 내 도착하면 연락할게."

"아, 네. 알겠습니다."


그때 관뒀어야 했다. 모든 것을. 그러나 내 발길은 다음 레이스를 위해 발매 창구로 향한다. 그날 남은 레이스 세 번이 끝나고 발매소 폐점을 알리는 안내방송이 들려온다. 바깥은 이미 어둑어둑하다. 하늘을 멍하니 올려다본다. 몇 초의 시간이 몇 시간처럼 길게 느껴진다. 그때 익숙한 목소리가 귓전을 때렸다.

"철현 씨! 나 왔어."

"아, 정말 오셨네요. 급한 일 있다고 하시더니만……."

"아니 돈 갚아 준다는데 빨리 와야지. 어? 근데 표정이 왜 이리 어두워?"

"아… 그게…….."

"이런, 결국 다 잃었구나. 내 잘못이야. 바로 왔어야 하는데. 미안, 미안."

"아니에요. 안 오셔도 된다고 연락 못 한 제가 잘못했습니다."

"어휴, 어깨 펴. 괜찮아. 다음 주까지만 주면 되니까 걱정하지 말고 힘내. 그럼 난 간다."

더 변명을 해야 하나 싶었는데 의외로 그는 금세 사라진다. 변명보다 부끄러움이 앞섰던지라 재빠르게 사라져 준 그가 오히려 고마울 지경이다. 그리고 다음 주 월급이 나오자마자 그에게 연락을 했다. 회사 앞으로 오라고 했는데 일부러 회사 앞 도로 건너편에서 기다리고 있었다. '세심하게 배려해 주는구나'라는 생각에 고마움이 또 밀려온다.

10만 원을 돌려주자 차용증을 건네준다. 그리곤 손으로 X자를 그린다. 뭔 소린지 몰라 멍하니 서있자 "진짜 돈 처음 빌려보는 모양이네. 찢으라고. 차용증은 원래 찢어야 끝나는 거야. 하하하."라며 큰소리로 웃는다.

호기롭게 찢었다. 청량한 소리다. 비록 며칠간이지만 사채의 세계도 경험해 보고, 보기보다 나쁘진 않구나 싶었다. 하지만 이 한 번의 경험으로 나는 결국 한국에서 살지 못하게 된다.

# 3부 이자의 늪

"야 이 새끼야. 너 또 하루 늦었다? 너 딱 거기 대기 타고 있어라. 좋은 말 할 때, 응?!!!"

매우 순화한 문장이지만 역시 살벌하다. 다시 말하지만 전적으로 내 잘못이다. 든든한 자금줄이 생겼고 김치환은 나를 고향 동생 같다면서 매우 친절하게 잘 해줬다. 내가 살던 원룸 빌라와 회사가 논현동이기 때문이란 건 꿈에도 모르고 진정으로 나를 동생처럼 여긴다고 혼자 착각했다. 근처에 살면 독촉이 쉽다. 아무 때고 찾아가서 괴롭힐 수 있다. 회사, 아니 월급날마저 다 파악했으니 그의 입장에선 이런 훌륭한 고객이 또 어디 있을까? 그런데 나는 전혀 몰랐다. 오히려 간혹 그가 사주는 간장게장과 설렁탕은,

형 없이 자란 나에게 형이 이런 존재구나라는 착시현상마저 불러 일으켰을 정도다.

그의 태도는, 나의 차입금이 1,000만 원을 넘어가면서 험악해지기 시작했고, 2,000만 원에 도달했을 때 확연히 달라졌다. 더 이상은 빌려줄 수 없다고 선을 그었고, 이자 내는 날만 되면 회사 앞 혹은 원룸 빌라 앞에 진을 쳤다. 흰색 소나타 EF만 봐도 심장이 두근두근했다. 지금으로 치면 우울증은 물론이고, 외상 후 스트레스 장애 진단이 나왔을 거다.

물론 처음부터 1,000만, 2,000만을 빌린 게 아니다. 물 담긴 냄비에 개구리를 넣고 달구기 시작하면 개구리는 서서히 죽어간다. 내가 딱 그 개구리였다.

처음 10만 원으로 안면을 트고 난 후 일요일만 되면 그와 인사를 나눴다. 150만 원 받던 월급에서 신용카드 현금서비스 변제금과 휴대폰비, 식삿값 등을 제하면 40만 원 정도가 남았다. 처음엔 이 돈으로 어떻게든 한 달을 버티려 했지만, 2주만 지나면 돈이 떨어졌다.

그래도 마권발매소엔 갔다. 경마에서 이기면 생활비를 벌충할 수 있다는, 전형적인 호구 짓을 한 것이다. 돈이 없어도 갔다. 원룸에서 걸어서 10분 거리다. 할 일이 없으면 거길 갔고, 늘 그가 있었다. 다시 10만 원을 빌렸고, 이 10만 원은 어느새 20만 원을 넘어 50만 원이 됐다.

그러자 그는 그때까지 해왔던 간단한 차용 방식이 아닌, 자기네 회사의 정식 차용증이라며 꽤 좋은 종이로 된 문서를 꺼내면서 제안해 왔다.

"우리 회사는 100만 원부턴 차용증을 새로 작성하거든."

순간 멈칫거렸다. 두려움이 밀려왔다. 그는 내 마음을 금방 알아챘는지 당근을 내밀었다.

"아, 근데 오히려 이게 좋아. 우량고객이란 뜻이야. 선이자 제하는 거 없고, 원금 갚을 필요가 없거든. 나 봐. 내가 양아치 같아? 이자만 잘 내면 원금 갚으라고 닦달하고 그러지 않아. 봐봐. 원금 기한이 없잖아."

정말 그랬다. 그가 내민 정식 차용증 문서에는 원금을 갚으라는 별도의 조항이 없었다. 이자도 월 3부였다. 즉 100만 원을 빌리면 한 달에 3만 원씩만 갚으면 된다는 말이었다.

"너 지금 나한테 50만 원 갚아야 하는데 돈 없잖아. 당장 너 생활할 돈도 없는 것 같은데……. 그러니까 아예 100만 원을 빌려서 50만 원을 지금 갚아도 50만 원이 남잖아. 이자 3만 원은 다음 달부터 내면 되고. 일단 50만 원은 쓸 수 있으니까 얼마나 좋냐? 원래 1,000만 원부터 이런 걸로 바꾸는데 너는 내가 특별히 봐주는 거야. 대신 오늘 저녁은 네가 사라, 하하하."

순식간에 설득당했다. 아니, 오히려 '무슨 이런 천사 같은 형이 다 있나'라며 진심으로 고마워했던 기억이 난다. 고작 2, 3천 원 있던 지갑이 갑자기 두둑해졌다. 그에게 설렁탕에 수육, 소주까지 사도 45만 원이나 남아 있다. 천국이 따로 없었다.

그런데 이 천국은 경마를 하지 않아야 성립한다는 전제조건이 있음을 망각했다. 지갑에 돈이 있으니 주말에 뭘 하겠나? 당연히 내 선택은 경마였고, 판판이 잃었다. 차용증의 금액은 매주, 매달 기하급수적으로 올라갔고 불과 3개월 만에, 그러니까 2001년 3월 그 금액은 2,000만 원에 달하게 된다.

"야, 이제 너한텐 못 빌려준다. 한도 넘었다."

청천벽력의 한마디였다. 그러면서 내 차입금이 1,000만 원을 넘겼을 때 그에게 건네줬던, 나와 게임회사 간의 고용계약서 복사본을 내밀었다.

"네 연봉이 2,000만 원이다. 월급쟁이는 연봉까지만 빌려준다. 너 지금 2,000만 원 빌렸으니까 3부 이자면 월 60만 원이야. 너, 세금 떼고 한 달에 150만 원 받는다며? 그럼 60만 원이 한계야. 원금은 여전히 남아있는 거고. (잠시 침묵한 후) ……그리고 이건 내가 형으로서 하는 말인데, 야 이 새끼야. 젊은 놈이 만날 경마나 하러 다니고. 너 그러다 인생 망쳐, 이 병신아."

망치로 뒤통수를 한대 맞은 느낌이다. 더 이상 돈을 빌릴 수 없다는 말보다, 지금까지 항상 매너 있게 대해 온 그가 갑자기 새끼니, 병신이니 하는 말을 썼다는 사실이 충격으로 다가왔다.

그는 다음부터 나에게 사적인 연락을 해오지 않았다. 내가 먼저 전화를 걸어도 지극히 사무적으로 "이자 내시려고요?"라며 경어체를 썼다. 180도 달라진 것이다. 지난 3개월은 대체 무엇이었단 말인가?

그리고 두 번 60만 원씩 이자를 냈다. 두 번째 이자를 낼 때 이틀이 늦었다. 그러자 지옥이 찾아왔다. 첫날에는 10분 간격으로 전화를 걸어왔다. 둘째 날 아침에는 원룸 대문이 쿵쾅쿵쾅 울렸다. 앞에서 말한, 몇 개월 전 옆집 대문을 발로 차던 그 소리다. 정신이 번쩍 들어 문을 열고 나가자 바로 내 머리카락을 휘어잡는다. 그가 아니라 다른 사람이었다. 그는 약간 떨어져 있었고 체격 좋은 남자 두 명이 내 겨드랑이를 휘어 감았다.

"야, 요즘도 경마하러 다니냐? 야 이 새끼야, 내가 그거 하지 말랬지? 돈은?"

"경마 안 합니다. 그리고 휴일이 끼어 있으면 월급을 월요일에 줘요."

"엿 같은 회사네, 씨발. 휴일이면 그전에 월급 입금을 시켜놔야 휴일에 직원들이 행복하지. 하여튼 벤처는 제대로 된 데가 없어. 씨발것들. 야, 내일 오전에 회사로 갈 테니까 딱 준비해놔."

믿지 못할 독자들이 있을지 모르겠지만 실제로는 이것보다 훨씬 심했다. 지금이야 이자제한법(최고이자율이 연 25퍼센트를 초과하지 못하도록 하는 법률) 등이 강화돼 이런 행동 자체가 불법이지만, 그때는 무법천지였다. 논현동 뒷골목은 그야말로 '비스티 보이즈'의 세계였다.

어쨌든 그 다음날 월요일 오전, 월급이 입금되자마자 바로 이자 60만 원을 지불했다. 그는 "한 달 후 다시 보자"라며 유유히 흰색 소나타에 올라탔다.

온몸의 힘이 빠진다. 한 달짜리 시한부 인생이라는 좌절감과 모멸감에 휩싸였다. 매달 25일 이자 60만 원을 내야만 한 달간 생명 연장이 가능하다. 90만 원으로 생활이 가능할 리 없다. 원금은 여전히 남아있고, 신용카드 현금서비스 변제도 해야 한다. 사채 이자 변제가 하루라도 늦으면 난리가 난다는 건 이미 경험했다.

희망이라곤 한 톨도 보이지 않는, 지옥 같은 인생의 나락으로 스

스로 들어섰다는 절망감에 나도 모르게 털썩 주저앉았다. 무릎을
꿇고 앉은 채 가로수 은행나무에 이마를 대고 한동안 서럽게 울었
다. 지나가는 사람들이 흘깃흘깃 쳐다보는 게 느껴진다.

　얼마나 지났을까? 울음을 멈추고 다시 일어섰을 때, 이 지옥 같
은 도시에서 도망쳐야겠다고 결심했다.

# 하루카, 그리고 가부키초

"너 그러면 삐끼 같은 거라도 해볼래? 아는 재일 동포 동생이 있어."

2001년 12월쯤이다. 일본어 수업 중에도 돈벌이에만 골몰하던 나에게 '춘향' 누나가 도움의 손길을 내밀었다. 이름이 하루카春香인 그녀는 나보다 3살 많은 클래스메이트였다. 다른 학생들과는 아우라가 전혀 달랐고 돈 씀씀이에도 아낌이 없었다. 노래 솜씨가 일품이었고 일본어도 네이티브로 착각할 만큼 능숙했다. 일본 생활도 꽤 했다는데 왜 이제 와서 언어를 배우기 위해 일본어 학교를 다니는지 처음엔 어리둥절했다.

한 달 정도 지나, 그러니까 사적인 이야기도 허물없이 토로하는 사이가 되었을 때 학교 휴게실에서 캔 커피를 마시다가(물론 그가 사준 것이다) 누나가 먼저 "넌 왜 일본에 왔냐?"라고 지나가듯 물었다. 이상하게 누나한테는 사실을 말해도 될 것 같았다. 그래서 경마와 사채를 이야기했다.

미리 말해두자면 사채와 신용카드 대금은 '일단' 해결했다. 후자는 가족들이 처리해줬다. 누나와 아버지한테 죽도록 욕을 먹긴 했지만 금액이 그리 크지 않았기 때문에 어떻게든 됐다. 하지만 가족들에게도 도저히 사채 이야기는 입 밖에 내지 못하겠더라. 아버지는 유학에 필요한 최소한의 경비 300만 원도 마련해줬기 때문에 도저히 2,000만 원의 사채가 따로 있다는 사실은 밝힐 수가 없었다.

그래도 두 달 치 사채 이자는 한 번에 낼 수 있었다. 내가 다니던 게임회사는 희망퇴직을 할 경우, 격려금 조로 반 달치 월급을 전별금으로 주는 제도가 있었는데, 그 돈과 직원들이 십시일반으로 모은 송별금이 합쳐지니 130만 원 정도의 금액이 들어왔다.

아, 오해는 하지 마시라. 아무리 경마에 빠져 살았어도 일요일만 그랬지, 회사 일은 열심히 했기 때문에 내 평판은 그리 나쁘지 않았다. 또 동료들도 내가 일본에 가느라 어쩔 수 없이 회사를 관두는 것으로 알고 있었다.

서울 생활을 정리하고 고향으로 내려가기 직전, 사채업자 김 씨에게 연락했다. 그에게 120만 원, 두 달 치 이자를 일단 건넸다. 그는 기뻐하기는커녕 의외라는 눈빛으로 나를 쳐다봤다.

사실대로, 진심을 담아 말했다. 일본에 돈 벌러 간다, 6개월만 기다려 달라, 반드시 돌아온다, 그때까지 원금을 다 갚을 생각이다, 경마는 완전히 끊었다, 한국에서 지금 이 회사를 다녀서는 원금은커녕 이자도 갚기 힘들 것 같다 등등.

논현동 사거리 코너에 있던 '자뎅'인지, '샤뎅'인지, 아무튼 그런 이름의 커피숍에서 한 시간은 읍소를 했다. 내 말은 100% 사실이었다. 무엇보다 강남구청에 알아보니 이 대광 기획이라는 사채 업소는 합법적인 업체였던지라 떼먹을 수도 없었다. 물론 영업과 추심을 할 때야 불법적인 면도 있었지만, 그땐 어느 업체나 다 그랬다. 멀쩡한 길거리에서 영업하고, 아무 때나 전화하고, 심심하면 협박하고.

아무튼 내 이야기를 다 들은 그는 처음엔 피식거리더니 나중엔 좀 진지한 표정으로 변했다. 한동안 정적이 흘렀다. 그는 내내 끼고 있던 손깍지를 풀더니, 아무 말 없이 세컨드 백에서 하얀색 종이 한 장을 꺼냈다. 꼬았던 다리를 풀고 백지와 몸을 동시에 내 쪽으로 내밀면서 천천히 말했다.

"오케이, 알았어. 단, 몇 가지 조건이 있다. 일단 도쿄에서 살게 될 너의 주소, 그리고 학교 주소를 여기다 써."

그의 말대로 했다. 유학원에서 받아온 기숙사 주소와 학교 주소를 썼다. 그걸 건네주자 그는 쓱 읽더니 서류 파일 안에 집어넣고 나에게 말했다.

"두 달 후부터 매달 25일이 되면 도쿄 오쿠보大久保에 있는 '한양 식품'으로 가. 거기에 네 이름과 우리 회사 이름을 말한 다음 이자를 맡기고 그 자리에서 바로 나한테 전화를 해. 거기 가면 인터넷 전화가 있으니까. 국제전화 걸고 싶다고 주인한테 말하면 돼."

헉, 소리가 삐쳐 나올 뻔했다. 일본까지 퍼져있는 조직이란 말인가. 대답도 못하고 마냥 놀라고만 있는데 그가 항상 들고 다니는 다이어리를 뒤지더니 한양식품의 주소를 적어 나한테 내민다.

"이게 거기 주소니까 잘 보관하고."

"아. 네… 알겠습니다. 근데 대단하네요. 도쿄까지……."

"응? 당연하지. 도망치는 애들이 한둘이었겠니? 도쿄, 오사카, LA, 뉴욕에 사무실 다 있어. 물론 전부 우리 회사는 아니고 상부상조하는 거지만."

"진짜 그럴 수도 있겠네요."

하긴 나처럼 생각한 사람이 한둘이었을까. 2001년이면 IMF 상흔이 아직 남아있던 시절이다. 힘들어 사채를 끌어 썼다가 도저히 갚을 능력이 안 되면 자살하거나 도망치거나, 둘 중 하나였을 테다. 한국 안에서 도망 쳐봤자 의미가 없으니 당연히 외국으로 빠져나가는 사람도 많았겠지. 한양식품의 주소를 보며 잠시 생각에 잠겨있는데 그가 한마디 덧붙인다.

"내가 이 일한 지 딱 8년 됐는데 그래도 네가 처음이야."

"뭐가요?"

"이자 미리 갖다 주면서 외국 나간다고 사실대로 말하는 놈."

그러면서 그는 내 커피값까지 정말 오래간만에 같이 계산했다. 커피숍을 나와 헤어지는데 내 어깨를 툭툭 건드리며 "열심히 살아라. 넌 될 거야. 물론 돈은 꼭 갚고."라며 격려까지 해줬다.

그로부터 십수 년이 지난 후, 우연찮게 만난 재일 동포 프로페셔널 사채업자에게 이 일련의 사채 경험을 말한 적이 있다. 그러자 그는 "햐, 요즘은 안 쓰는 말이지만 사채 용어 중에 센이치ー라는 게 있는데, 네가 딱 그런 케이스였네"라며 "정말 운이 좋았던 거니까 두 번 다시 사채 같은 거 쓰지 마라"라고 껄껄거렸다.

'센이치'란 1,000분의 1, 혹은 1,000명 중 1명을 뜻하는 말이다. 빌려주는 사람, 빌리는 사람 양쪽 모두에게 해당되는데, 사채업자가 1,000분의 1의 확률로 어떤 사람한테 특별한 감정을 느껴 잘 해준다는 의미이기도 하고, 빌리는 사람이 1,000분의 1의 희박한 확률로 착한 사채업자를 만난다는 뜻도 된다. 그때는 마냥 지옥같이 느껴졌지만 이런저런 이야기를 들어보니 최초이자 마지막이 될 사채 거래에서 나는 1,000분의 1의 확률을 기적적으로 뚫고 '천사'를 만난 것이었다.

이건 나중 이야기고 아무튼 2001년 12월, 이 이야기를 하루카 누나에게 털어놓았다. 9, 10, 11월은 어떻게든 돈을 마련해 이자를 지불했지만 12월부터는 돈 나올 곳이 없었다. 나중에 아내가 되는 여자친구와 미타카三鷹에서 동거를 시작한 시기였던지라 나도 돈을 좀 보탰고, 그 바람에 한국에서 조달해 온 돈도 거의 바닥난 상태였다. 실은 돈 잘 쓰는 하루카 누나에게 좀 빌려볼까 하는 생각에 조심스럽게 말을 꺼냈는데, 의외로 일자리를 소개해 준 것이다.

"가부키초歌舞伎町에서 삐끼 한번 해봐. 그거 돈 된다. 거기 내 동생들이 있으니 소개해줄게."

그땐 누나가 소개해준 가부키초의 양대 호객꾼 아라이新井가 그렇게 유명한 사람인 줄 몰랐다. 그리고 왜 누나가 그런 사람을 알고 있는지도 몰랐다. 나도 순수했으니까. 하지만 산전수전 다 겪은 지금은 짐작이 간다. 말은 하지 않았지만 그녀는 재일 동포가 많이 가입한 야쿠자 조직으로 유명한 이나가와카이稲川会의, 아마도 중간 보스쯤 되는 조직원의 애인이었을 것으로 짐작된다. 당시 가부키초는 야마구치구미山口組와 이나가와카이가 후린카이칸風林会

館이라는 건물을 기점으로 영역을 사이좋게 양분하고 있었다.

누나가 소개해 준 아라이 씨는 이나가와카이 소속이었고, 그는 하루카 누나를 형수님이라 부르며 극진히 존대했다.

누나의 소개로 가부키초 배팅센터 앞에서 처음 만난 아라이 씨는 나에게 후린카이칸 건너편 중앙로, 즉 메인 스트리트에는 절대 들어가지 말라며 몇 가지 주의사항을 알려줬다.

"형수님이 소개하셔서 쓰긴 하지만 원래는 이런 일 없다. 일본 손님은 잡지 말고 한국 사람만 상대해라. 그리고 저쪽 건너편으로는 아예 넘어가지 말고. 멋대로 넘어갔다가 일 생겨도 나는 모른다. 밤 12시와 새벽 3시에는 배팅센터 앞에 집합한다. 그때 돈을 나누니까 그렇게 알아. 그날 번 돈의 30%를 내면 된다. 일은 내일부터 시작하고 오늘은 나랑 인사하러 돌아다니자."

그렇게 얼떨결에 시작된 가부키초 생활이, 돌이켜보면 내 일본 생활의 첫 번째 터닝포인트였다.

이렇게 살아도 돼

가부키초로 들어가는 입구.
지금도 여전히 욕망에 굶주린 무질서한 세계.

다른 이들과 전혀 달랐던, 일본을 처음으로 만난 곳이다.

# 완제

"너 정말 소질 있다. 나랑 계속하자."

호객꾼 일을 시작한 지 불과 일주일도 지나지 않아 지갑이 두툼해졌다. 처음엔 떨렸지만 룰을 알고 나니 너무나 간단했다. 게다가 뒷배마저 단단한지라 이쪽 구역에서는 트러블이 생기더라도 아라이의 이름만 대면 다 해결됐다. 일본 손님은 아예 건드리질 않았으니 애초에 문제가 생길 여지가 별로 없었다.

첫 손님은 지금도 기억난다. 가부키초 배팅 센터에서 구약쇼도오리[区役所通り] 쪽으로 걸어가던 한국 남자 여섯. 근처 한국 식당에서 양평 해장국으로 1차를 끝내고 2차를 찾는 모양새였다. 한국어

가 들려오기에 뒤를 따라갔다. 그런데 대화가 아주 가관이다. '성진국' 일본의 밤 문화를 맛보고 싶었는지, 왜년이 어쩌고, 위안부 복수를 저쩌고 하며 떠들어댔다. 그것도 큰 소리로. 일본에 온 지 3개월 밖에 안됐지만 내가 다 부끄러울 지경이었다. 대로에서 한국어로 그렇게 저런 비속한 단어들을 큰 소리로 내뱉다니.

조용히 다가가 말을 걸었다. 지극히 친절하고 낮은 자세로 손을 곱게 모았다.

"아이고 형님들, 혹시 한잔 더 하실 가게 찾으세요?"

갑자기 말을 걸어 놀랐는지, 아니면 한국어라 그랬는지 몰라도 일행 중 두세 명이 번개 같은 속도로 뒤를 돌아보았다. 그중 한 명은 "깜짝이야!"하며 놀래고, 다른 일행은 "햐, 세상에. 여기 한국 삐끼가 다 있네, 껄껄껄." 하며 박장대소한다.

그도 그럴 것이 지금은 오쿠보 일대가 다 코리아타운이고 쇼쿠안도오리職安通り 양옆에 한국 가게가 즐비하지만, 그때만 하더라도 쇼쿠안도오리에서 오쿠보도오리大久保通り 사이, 즉 지금의 메인 코리아타운은 불법 매매춘 지역으로 유명했다.


한국 가게의 특징은 밖에 나와 호객행위를 하지 않는다는 점이다. 체류 자격이 없는 사람도 상당수이기 때문이다. 불법체류자도 많고. 나도 따지고 보면 불법이긴 했다. '자격 외 활동 허가증'을 법무성으로부터 발급받아, 아라이가 운영하는 '어시스트 파트너'라는 회사의 아르바이트 사원으로 등록하긴 했지만, 학생 비자를 받아 일본에 와서 호객행위를 하는 게 합법일 리 없다. 지금이라면 일할 생각도 못 했을 것이다. 하지만 그땐 주변에서 다들 그렇게 했으니 별다른 죄책감이 들지 않았다.

한국인 여섯은 내게 관심을 보이더니 더 자극적이고 비속적인 표현을 쓰기 시작한다.

"우린 술은 됐고 그거 알지? 그거 하고 싶다 이거야. 일본 애로."

엄청나게 순화해서 옮긴 거다. 원래는 이 발언의 10배 이상 더러운 단어와 욕이 쏟아져 나왔다. 요즘 표현대로 하자면 진정한 '개꼰대', '개저씨들'이었다.

"아이고 형님들 죄송합니다. 제가 일본 가게는 잘 모르고 한국 가게는 좀 아는데요."

"뭐? 야, 야. 한국 가게는 됐어. 일본까지 와서 뭔 한국 가게야."

그들은 손을 휘이휘이 내젓더니 다시 구약쇼도오리로 발길을 옮겼다.

처음으로 말을 걸었는데 실패한 것이다. 솔직히 약간 풀이 죽었다. 그런데 그때 누가 내 어깨에 손을 올린다. 아라이였다. 그는 멀어져 가는 꼰대 아저씨들을 쳐다보며 말했다.

"괜찮아. 저 녀석들 따라다녀 봐. 여섯 명이니까 꽤 괜찮을 거야. 딱 보니까 30분 만에 포기할 것 같은데, 가게는 '애플'을 소개하면 되겠네."

처음에는 무슨 말인지 몰랐다. 그런데 따라다녀 보니 금세 알겠더라. 술 취한 여섯 명의, 일본어가 서툰 한국 손님을 받아주는 일본 가게, 그것도 성적 서비스를 제공하는 가게는 한 군데도 없었다. 그들을 발견하고 달라붙은 일본인 호객꾼들이 그들과 몇 마디 나눠보곤 금세 재수 없다는 표정을 지으며 떨어져 나가는 광경이 몇 차례나 연출됐다.

그렇게 동네 한 바퀴를 돌더니 일행 중 두어 명은 후린카이칸 옆 패밀리마트 앞에 마련된 간이의자에 털썩 주저앉았고, 나머지는 담배를 사 오거나 커피를 뽑아 마신다. 브레이크 타임이다. 그 앞을 모르는 척, 마치 나도 편의점에 볼 일이 있어 지나가다가 우연찮게 다시 마주친 것처럼 엄청나게 반갑고 살갑다는 연기를 펼쳤다.

"어! 아까 봤던 형님들!!"

그러자 의자에 앉아 담배를 피우던 리더로 보이는 남자가 나를 올려본다.

"어? 아까 그놈이잖아."

"네, 맞아요. 영광입니다. 기억해 주셔서. 어땠어요? 재밌게 노셨어요?"

"놀긴 뭘 놀아. 일본 새끼들 한국 사람이라고 차별해."

속으론 '내가 가게를 해도 너희 같은 진상은 안 받겠다, 이놈들아!'라고 생각했지만 겉으론 최대한 살살거리며 말했다.

"그니까요. 이 동네 일본 놈들, 싸가지들이 없어요. 그래도 한 잔 더 하셔야 될 테니, 제가 괜찮은 한국 가게 소개해 드릴게요. 한 사람당 만 엔이면 술은 맥주, 소주, 위스키, 다 공짭니다. 아 참, 한국 소주도 있어요. 진로."

"그래? 시간은?"

어라, 시간? 시간은 모르겠는데 어떡하지. 임기응변으로 대처할 수밖에.

"아이고 한국 가겐데 시간이 뭐가 필요해요. 형님들 마시고 싶은 만큼 마시는 거지."

그러자 그가 의자에서 일어나면서 주위의 부하직원들에게 말한다.

"야, 다리도 아프고 그냥 얘가 말하는 데로 가자. 한국 사람끼리 돕고 살아야지."

"네 부장님. 알겠습니다!"

아놔, 진심으로 빵 터질 뻔했다. 아까까지 일본 여자가 어떻고,

일본까지 와서 무슨 한국 여자냐고 했던 양반이 한국 사람끼리 돕고 살자니까 왜 이리 웃긴지. 바로 아라이가 말한 '애플'에 전화를 했다. 마마한테 여섯 명 갈 건데 자리 있냐고 하니까 너무 기뻐한다. 기뻐하는 목소리를 들으니 내 기분도 마냥 좋아진다. 시간이 걱정돼 물어보니 '애플'의 마마는 "무슨 그런 걱정을 해. 손님만 들여보내. 그럼 다 우리가 알아서 하지. 호호호."라며 간드러지게 웃는다.

그랬다. 내 역할은 손님을 가게 안으로 밀어 넣는 것까지다. 그 다음부턴 안쪽의 '프로'들이 알아서 한다. 손님들이 나가면 연락이 오고 나는 가게로 가서 한 명당 5,000엔 플러스알파의 소개료를 받으면 된다.

응? 5,000엔? 한국 돈으로 5만 원? 그렇다. 고객 소개료는 한 명당 기본요금의 절반으로 책정돼 있었다. 첫날 아라이가 열서너 개의 가게를 돌며 소개해주는 자리에서 룰을 정했다. 가게 입장에서는 신규 고객을 손쉽게 소개받아 다음부턴 자기네들이 고객 관리를 하면 되기 때문에 기본요금, 이른바 세팅비의 절반은 전혀 아깝지 않은 것 같았다. 플러스알파는 가게 마마가 따로 챙겨주는 팁이다. 플러스알파까지 챙겨준다면 굳이 팁을 주고 싶을 만큼 우량고객을 소개했다는 말이 된다.

"이랏샤이마세いらっしゃいませ! 어서 오세요! 최고 좋은 자리로 준비해 놨어요. 호호홍."

가게 문을 열자 간드러지는 목소리의 마마가 두 팔을 한껏 벌리며 손님들을 맞이했다. 도쿄까지 와서 한국 가게냐고 불평하는 기색이 없잖던 그들도, 늘씬한 미인의 전형인 마마를 보자마자 환한 미소를 지었다. 한 건이 성사되는 순간이다.

두 시간 후 마마로부터 전화가 왔다. 손님들 지금 나갔다며 돈 받으러 오란다. 한달음에 달려가니 봉투를 건네준다. 고맙다며 90도로 인사하고 돌아서려니까 마마가 다시 나를 부른다.

"확인 안 해?"

"네?"

"어휴, 그 자리에서 확인해야지. 아 맞다, 자기 처음이라 잘 모르는구나. 깔깔깔."

"아, 네."

기묘한 느낌이다. 봉투를 여는 시간이 묘하게 길게 느껴졌고, 왠지 모를 부끄러운 감정에 휩싸인다. 그런데 금액을 확인하자마자 부끄러움은 금세 사라졌다. 무려 5만 엔이나 들어 있었다.

"어? 원래 3만 엔 아니에요?"

놀라서 반문하니 마마가 그런다.

"좋은 손님들이었어. 시바스리갈 18년 두 병도 땄고. 그래서 고마워서 좀 더 넣었으니까 앞으로 많이 소개해줘요."

"네! 많이 소개할게요! 감사합니다! 감사합니다!!!"

목소리 톤이 몇 단계나 올라갈 만큼 흥분했다. 실제 일한 시간은 한 시간도 채 되지 않았다. 그들을 발견한 뒤 30분간 따라다녔을 뿐이다. 그런데 5만 엔이다. 무슨 이런 장사가 다 있단 말인가.

밖으로 나오는데 12월의 추위마저 따뜻하게, 아니 시원하게 느껴진다. 그때 전화가 울렸다. 아라이였다.

"열두 신데 어디야? 안 와?"

"아! 네, 죄송합니다. 금방 갈게요."

배팅센터 앞으로 달려갔다. 이미 아라이 휘하 호객꾼 열 명 정도가 모여있었다. 다들 일본인 혹은 재일 동포다.

각각 보고를 하고 상납을 했다. 앞에서 말했듯 수입의 30%를 낸다. 돈을 낸 사람들은 다시 밤거리로 흩어졌다.

늦게 도착한지라 내가 마지막으로 냈다. 아라이는 이미 애플 마마한테 전화를 받았는지 지니고 있던 포켓형 수첩에 '애플, 박, 6명'이라고 써놨다. 5만 엔의 30%면 얼만지 감이 잘 오지 않아 2만 엔을 주면 되겠다 싶어 2만 엔을 꺼내 줬다. 그러자 아라이가 고개를 갸웃거리더니 묻는다.

"여섯 명 아냐? 더 늘었어?"

"아뇨. 여섯 명인데 마마가 5만 엔을 주더라고요."

"아, 술 좀 깠나 보네. 됐어. 만 엔만 줘."

"네?"

"2만 엔은 네 팁이잖아. 팁은 낼 필요 없어."

"와. 감사합니다."

"뭘 또 감사하냐. 암튼 열심히 해봐. 12월이니까 너만 잘하면 다 갚을 수 있을 거다."

"아…."

그도 내 처지를 알고 있었던 것이다. 무심하게 수첩을 덮은 그는 내 마지막 탄성을 분명 들었을 법한데, 유유히 네온 거리로 사라진다. 덩그러니 남겨진 채 봉투를 다시 열어보았다. 4만 엔이 그대로 남아있다. 너무나 전형적이지만, 볼을 꼬집었던 것 같다. 꿈이 아닌 현실이었다.

다음 날부터 누구보다 열심히 일했다. 하루에 3만 엔은 기본으로 벌었다. 그때만 하더라도 가부키초를 방문하는 한국인들은 출장 온 사람들이 많았다. 주머니 사정이 상대적으로 여유로운 대기업 직원이거나, 혹은 닷컴 버블의 수혜를 입은 벤처기업 사람들이 대부분이었다. 흔히 말하는 가난한 투어리스트들은 거의 없었다.

이렇게 살아도 돼

가부키초는 그야말로 불야성 不夜城이었고, 게다가 12월이었다. 흥청망청 돈을 쓰지 못해 안달이 난 그들을 매일같이 접하다 보니 단골도 생겼다. 나를 통해 이 가게, 저 가게, 그 가게를 하루에 3번이나 도는 사람도 있었다. 그런 날은 수입이 10만 엔을 훌쩍 넘겼다. 2-3주일 만에 지갑이 두둑해졌다. 첫 달 12월을 계산해 보니 130만 엔(한화 1,300만 원) 정도를 벌었다. 1월에는 100만 엔을, 2월에도 100만 엔을 벌었다. 금세 부자가 될 것 같았다. 매일매일 행복했다. 일에도 완벽하게 적응했다.

당연히 사채도 다 갚았다. 생일 전날이라 정확하게 기억한다. 2002년 2월 21일이다. 12월에 이자 60만 원과 원금 1,000만 원을 갚았고, 1월에 이자 30만 원과 원금 500만 원을 갚았다. 남은 것은 이자 15만 원과 원금 500만 원밖에 없었다. 1월분을 변제할 때 한국에 전화를 했다.

"다음 달에 다 갚을 것 같으니까 차용증 여기로 좀 보내줘요. 제가 가서 갚고 싶은데 너무 바빠서 갈 시간이 없네요."

"오케이, 알았어. 거기 김 사장님한테 보내 놓을 테니까 다 갚으면 차용증 받아 가고, 그리고……"

"네, 잘 찢을게요."

"하하하. 그래. 다음에 서울 오면 연락해라. 설렁탕이나 먹자."

"아, 네. 알겠습니다."

공손하게 말했지만 전화를 끊자마자 바로 그의 전화번호를 지웠다. 두 번 다시 볼 일이 없을 것이다. 물론 그는 천 명 중 하나 있을까 말까 한 천사 같은 사채업자였지만, 그걸 알게 된 건 훨씬 나중 일이다. 그때만 하더라도 함께 해서 더러웠고 두 번 다시 만나지 말자는 심정이었던 것 같다.

하지만 엄청난 수입을 가져다줬던 이 가부키초 삐끼 일은 얼마 지나지 않아 관둘 수밖에 없었다. 지금의 아내 때문이다.

마지막 변제를 끝낸 날, 그러니까 2월 22일 새벽, 원래대로라면 지갑에 남아있던 약 10만 엔을 은행에 넣어둬야 하는데 깜빡 잊었던 것이다.

아내는 내가 오쿠보의 한국 식당에서 심야 아르바이트를 하는 줄 알고 있었다. 가부키초에서 삐끼 일을 한다고 하면 무조건 반대할 것 같아서 거짓말을 했다.

당시 아내가 알고 있던 내 생활 패턴은 식당 일을 마치면 새벽 첫차로 집에 가서 아내를 깨운 뒤, 같이 아침을 먹고 아내는 출근, 나는 수면을 취한 다음, 12시쯤 기상해서 학교를 가고 수업이 끝나면 바로 식당으로 출근하는 사이클이었다. 하루에 열두 시간씩 일하니 비록 아르바이트일지라도 급여가 세다는 인식을 아내는 가지고 있었고 내 월급날은 매달 말일로 알고 있었다. 내가 그렇게 말했다. 실제로 매월 말일마다 25만 엔씩 가져다줬으니까.

그런데 이날따라 긴장이 풀렸는지 아내를 깨우자마자 아침을 같이 먹지 못하고 바로 곯아떨어졌다.

아내는 내 생일이라고 서투른 솜씨로 미역국도 끓이고 갖가지 아침을 준비했다. 저녁을 같이 먹을 수 없으니 아침이라도 성대하게 차려 먹자는 생각이었을 것이다.

그런데 정작 주인공인 내가 옷도 갈아입지 않고 드르렁 코를 골아버리자 화가 났다. 아내는 내가 그렇게 잠드는 걸 극도로 싫어했다. 어쩔 수 없이 내 바지를 파자마로 갈아입히려다 우연히 지갑이 떨어졌고, 지갑의 내용물을 보곤 깜짝 놀란 것이다. 월급날도 아닐뿐더러, 오히려 가장 돈이 없을 시기에 10만 엔이라는 거금이 들어있으니 당연히 놀랄 수밖에. 그리고 지갑 안에는 돈보다 더 중요한 메모가 있었다.

2/21         로망스 2만 엔(4명, 시바타)

애플 2만 엔(3명, 팁 5,000엔 추가)

비너스 1만 엔(1명)······

누가 봐도 이상하다. 아내는 더듬더듬 한국어로 적힌 메모를 읽은 후, 내가 적어도 한국 식당에서 아르바이트를 하고 있지는 않다고 확신했는지 당장 나를 깨웠다. 눈을 비비고 일어난 내 눈앞에 정좌를 하고 앉은 아내가 보였다. 무릎께에 돈 10만 엔과 메모가 놓여있었다. 잠이 확 달아났다. 그 옆에는 아직 온기가 남아있는 생일 밥상.

아내는 아무 말도 하지 않았는데 내가 먼저 변명을 하겠답시고 입을 열었다.

"아, 그게 그러니까…."

변명거리도 제대로 나오지 않는다. 그런데 아내 입에서 예상치 못한 질문이 튀어나왔다.

"오빠, 혹시 호스트 같은 거 해?"

"헉! 무슨 소리야. 내가 그런 일을 할 리가 없잖아."

당황한 나머지 한국어가 터져 나온다.

"그럼 이 돈과 메모는 도대체 뭐야?"

아내가 거짓말을 극도로 싫어하는 성격임은 잘 알고 있다. 증거가 눈앞에 있으니 빼도 박도 못한다. 사실대로 털어놓았다. 경마와 사채부터 시작된 길고 긴, 눈물 없이는 들을 수 없는 그 장엄한 스토리를 어설픈 일본어로 한국어-일본어 사전을 뒤져가며 설명하는 그 웃긴 시추에이션이라니.

설명을 듣던 아내는 중간중간 고개를 끄덕거리면서 정좌했던 다리를 풀었다. 도중부터는 매우 흥미진진하다는 표정으로 "그래서? 그다음은?" 하며 재촉까지 했다.

마지막 변제가 어제였다는 말이 끝나자, 아내는 아주 간단하면서, 명료한 한마디를 꺼냈다.

"그럼 이제 관두면 되겠네, 그 일."

허걱! 갑자기 심장이 내려앉는 듯한 충격이 전신을 감싼다. 아니, 거리에 나가기만 하면 하루 3만 엔은 기본으로 버는 일을 관두라니 이 무슨 말도 안 되는…. 당황한 내 마음을 꿰뚫었는지 아내는 단호하게 덧붙였다.

"돈보다 더 중요한 게 많아. 나는 오빠가 재능을 낭비하지 않았으면 좋겠어. 시간과 재능을 돈 때문에 버리는 사람이라면 내가 사람을 잘못 본 것이겠지."

아내의 이 말은, 내가 그 일을 계속하면 헤어지겠다는 선전포고다. 순간 기숙사 관리인 형의 "헤어지면 다시 돌아와"라는 말도 스쳐 지나간다. 절대 아내의 마음을 돌릴 수 없다는 사실도 깨달았다. 이리 되면 나가리다. 어쩔 수 없다.

"그래. 알았어. 아라이 씨한테 말할게."

"전화로 말해. 직접 만나지 말고."

"에이, 그래도 사람이 얼굴을 보고 이야기해야지."

"아냐 괜찮아. 하루카 언니가 소개해 준 거라며. 언니한텐 내가 직접 전화해서 부탁할게."

　아, 맞다. 아내도 하루카 누나의 연락처를 알고 있지. 괜히 아내를 소개해 줬다. 극심한 후회가 아른거리는 돈다발과 함께 쓰나미가 되어 밀려온다. 그리고 아내는 마지막 철퇴를 내리쳤다.

　"그럼 오늘부턴 저녁에 얼굴 볼 수 있겠네. 수업 끝나면 바로 집으로 와. 생일 파티하자."

　"응? …아, 응."

　그만두는 데에 필요한 잡무는 일사천리로 진행됐고, 내 가부키초 생활은 3개월 만에 막을 내렸다.

　지금 생각해보면 물리적으로는 아주 짧은 시간이었지만, 나중에 술집과 식당을 운영하면서 이때의 경험을 떠올린 적이 매우 많고 큰 도움이 된 것도 사실이다. 시간은 흘러도 몸이 기억하고 있었다고 할까?


　그런데 이때 아내에게 들켜 일을 관둔 것이 결과적으론 전화위복으로 작용했다. 일을 관둔 날로부터 3개월이 채 지나지 않아, 이시하라 신타로石原慎太郎 당시 도쿄 도지사의 지시로 도합 2년간의 가부키초정화작전歌舞伎町浄化作戦이 시작됐기 때문이다.

　내가 알던 가게의 마마들이 수갑을 차고 줄줄이 잡혀가는 모습을 텔레비전으로 지켜봤다. 조직폭력단 대책법이 철저하게 실시

되어 아라이 씨를 비롯한 폭력조직 소속 호객 군단도 뿔뿔이 흩어졌다.

지금도 간혹 가부키초에 간다. 온갖 양아치가 득실대는 무질서의 온상이다. 매일 같이 크고 작은 싸움이 일어난다. 하지만 2001년 겨울엔 비록 불법이 판친다 할지라도 질서와 체계가 잡힌 동네였다. 비록 짧은 경험이었지만 그 질서 있는 모습을 알아버린지라 지금의 가부키초는 영 마음에 들지 않는다.

하지만 내 개인적인 입장에서 본다면 천만다행이 아닐 수 없다. 만약 만 25세 생일날 아침, 아내에게 삐끼 생활을 들키지 않았다면 아마도 돈의 유혹을 이기지 못하고 계속 거기서 일을 했을 것이다. 그럼 가부키초 정화작전이 어떤 식으로든 내게도 악영향을 미쳤을 것이고, 운이 나빴다면 한국으로 강제추방 당했을지도 모른다. 실제로 당시 가부키초에서 한국 호스트바를 다니던 형들, 클럽 마마들, 종업원들은 대부분 추방당하거나 비자 갱신이 안 되어 고초를 치렀으니까. 텔레비전에 수갑을 찬 모습을 비춘 그들 사이에 나 역시 끼어 있었을지 모른다.

종종 외국 생활을 운칠기삼運七技三이라 표현할 때가 있다. 운이 따라주는 사람들은 좋지 않은 일을 기막히게 피해 간다. 나는 비단 이 가부키초 삐끼 생활뿐 아니라 이후에도 종종 그런 경우가 있었으니 운이 좋은 케이스라고 할 수 있다.

그런데 이 운기運気가 찾아왔을 때 놓치지 않기 위해서는, 지금 주어진 일에 최선을 다해야 한다. 뒤에 소개하겠지만 일을 인테리어 업으로 바꾼 후 1년 만에 매출 4,800만 엔을 달성하게 된 것도 주어진 일에 적극적으로 나서며, 최선을 다했기 때문이다.

인테리어업에 투신하기 전에 술집과 식당 일을 했는데, 그때 자주 왔던 단골들, 나를 재미있는 녀석이라며 귀엽게 봐줬던 손님들이 인테리어 일거리를 줬고 그것이 매출의 커다란 기반이 됐다. 지금 주어진 일이 영 마음에 안 들어도 최선을 다하다 보면 사람이 생기고, 그것은 돈으로 환산할 수 없는 자산이 된다.

아무튼 3개월 만에 지옥이라 생각했던 삶이 원점으로 되돌아왔다. 그것만으로도 내 일본행(혹은 도피)은 성공이었다. 안정을 되찾은 지금도 간혹 그 시절의 일을 떠올리며 가부키초에 감사한다. 어떤 이들은 그곳을 불법과 폭력이 판치는 무섭고 더러운 동네라고 여전히 생각하겠지만 말이다.

# 공백기

아르바이트를 하던 게임회사를 관두고 새로운 직장을 찾기까지 공백의 시간이 있었다. 2004년 여름부터 2005년 봄에 걸친 기간이다. 검색해 보니 2005년 5월부턴 오마이뉴스 일본 지사에 정식으로 소속돼 기자 일을 했다.

물론 전부터 언론사에 기사를 틈틈이 송고하긴 했지만, '기사 하나당 원고료 얼마'라는 식으로 일했기 때문에 매달 월급을 받는 정식 직장이라 할 순 없었다. 그러다가 기자로 채용돼 월급을 받으며 연세대학교 김대중도서관 일과 한국 방송국의 일본 현지 코디네이터 일 등을 병행했다. 매체 특성상 광고를 받기 힘들었기 때문에 그런 식으로라도 수익을 올려 회사를 유지해야 했다. 또, 도서관이나 방송국에서 요청한 코디네이터 일을 하다 보면 기사

화할 수 있는 소재들을 얻는 경우가 꽤 많았기 때문에, 그런 의뢰
가 오면 적극적으로 받았다. 하지만 이건 나중 얘기고, 게임회사를
막 관뒀을 때는 수입이 하나도 없었다.

　아내는 이런 부분, 즉 내가 돈을 벌지 못하는 걸 걱정하지 말라
했지만 마음이 편치 않았다. 사실 게임회사 일은 정신적, 육체적으
로 힘들었지만 수입 면에선 짭짤했다. 물론 가부키초 호객꾼 시절
의 수입에 비하면 턱도 없었지만 월 25만 엔은 벌었다. 아직 20대
중반이었던 시절이니 25만 엔이면 또래에 비해 많은 편이었다. 시
급은 800엔 밖에 안됐지만 매일 12시간 정도 일했기 때문에 하루
에 만 엔 꼴은 됐다. 식비와 교통비는 따로 지급받았다. 휴일을 빼
더라도 25만 엔은 가뿐했다. 아내도 당시 부동산 회사를 다녔기
때문에 경제적인 어려움은 없었다. 월세 12만 엔을 내고도 한참이
남았다. 지금은 넷이나 있지만, 그땐 아이도 없었으니까.
　게다가 결혼비자를 취득하니 다른 외국인들에겐 큰 고통인 직
업선택의 제한이 없었다. 무한정 자유로웠다. 다른 외국인들이 비
자 자격을 넘어서는 일을 못했던 반면 나는 아무 일이나 할 수 있
었던 것이다.
　그래서 게임회사를 관뒀을 수도 있다. 〈아크 더 래드Arc the lad〉
와 〈쿠센空戦〉 시리즈 등, 꽤 알려진 플레이스테이션용 소프트

를 만든 중견 개발사여서 회사 자체는 아무런 문제가 없었다. 그런데 액션 어드벤처 시뮬레이션 게임 〈Over the Monochrome Rainbow(록가수 하마다 쇼고를 모델로 한 플레이스테이션2용 게임 소프트웨어)〉의 디버깅을 하고 나니 만사가 귀찮아졌다. 3개월 만에 20킬로그램이 쪘다. 날렵하고 단단했던 청춘의 몸매는 일거에 배불뚝이가 됐다. 밤샘을 밥 먹듯 하며 커피를 사발로 마셨고, 정체는 알 수 없지만, 아무튼 잠이 확 달아나는 흰 약도 종종 복용했다.

무엇보다 이 일 자체가 싫었다. 디버깅을 한 번이라도 해본 사람이라면 잘 알 것이다. 얼마나 귀찮고 반복적인 일인지. 종국엔 여긴 어디고 나는 누구인가라는 허무한 환영 속을 헤매게 되는지. 오만 가지 우여곡절 끝에 제품이 출시되고 뒤풀이 겸 파티를 가졌는데, 그때 상사였던 마쓰나가 겐타로(맞다, 내게 경마를 가르쳐 준 바로 그 사람이다)에게 물었다.

"근데 다음 게임도 디버깅하나요?"

"당연하지. 볼륨이 두 배니까 디버깅만 한 4-5개월은 쭉 해야 할걸?"

"하아…. 그렇군요. 그런데 우리는 왜 디버깅 전문 회사에 안 맡기는 거죠?"

"뭐 하러 쓸데없는 돈을 쓰냐? 너도 있고, 다니구치도 있는데."

다니구치는 나 다음으로 들어온 일본인 아르바이트였는데 흔히 말하는 게임, 애니메이션 오타쿠였다. 정말 만화에나 나오는 전형적인 외양 때문에 보자마자 그쪽 세계 인간인 줄 알 정도였다.

도수 높은 안경을 쓰고, 매일 백팩을 메고 출근했다. 평범해 보이는 겉옷을 벗어 의자에 걸치면 2D 여성 캐릭터가 인쇄된 티셔츠가 드러난다. 그의 모든 티셔츠에는 긴팔 반팔 가리지 않고 누군가가 항상 박혀져 있다. 그를 통해 애니메이션은 물론 웬만한 롤플레잉, 어드벤처 게임의 여주인공 이름은 다 알게 됐다. 그중에서도 특히 〈마크로스〉 시리즈의 광팬이었다. 그가 점심시간에 린민메이의 이야기를 시작하면 그것만으로 한 시간이 훌쩍 지나갔을 정도다. 한 시간이나 떠들어도 지치지 않는 그 열정에 건배.

무엇보다 그는 디버깅이라는 작업에 매우 어울렸다. 디버깅 룸의 책상에 앉자마자 각종 먹거리부터 꺼내놓고 임전태세를 취한다. 최소한 예닐곱 시간은 앉은 자리에서 버텨내는 모습을 보며 다니구치는 오직 디버깅을 위해 태어난 인간이라는 생각이 줄기차게 들었으니까.

하지만 나는 아니다. 다시 이 디버깅을 조만간에, 그것도 몇 개월이나 해야 한다는 마쓰나가의 실없는 소리에 '아, 이 세계는 나랑 어울리지 않는구나'라는 확신이 들었다.

사표를 제출했다. 마쓰나가는 물론, 회사의 대표 구리야마 씨도 아쉬워하면서 시급을 900엔으로 올려줄 테니까 다시 한 번 생각해보라 했지만, 고작 그 정도의 경제적 배려와 지옥의 디버깅을 맞바꿀 수는 없는 노릇이었다.

지금 돌이켜보면 일본에 와서 내 의지로 관둔 유일한 직업이 디버거였다.


게임회사 퇴직 후 첫 두어 달은 그냥 놀았다. 지역 시민단체 일을 도와 자원봉사도 하고, 아내의 부동산 회사 홈페이지도 만들고 한동안 못 간 기원에서 종일 바둑도 두고, 때때로 장인어른 집에 혼자 찾아가 인사도 드리곤 했다. 물론 바둑도 두고.

그러다가 미타카 지역 축제의 실행위원이 됐다. 실행위원 중 가장 젊은 사람이라 필연적으로 힘쓰는 일은 내가 다 했다. 평일에 모여 기획하고 행사를 짜기 때문에 일반 직장인은 기획부터 참여하기 힘들었다.

아내가 다니던 부동산 회사의 이와오 사장이 축제의 실행위원장이라는 이유도 있었다. 그가 한참 회사 홈페이지를 만들던 내게 "박상, 지금 쉬고 있으면 좀 도와줘. 자원봉사이긴 하지만 활동비는 꽤 짭짤하게 나오거든"이라며 말을 걸어왔다. 아내를 쳐다보니 고개를 끄덕거린다. 지금 생각하면 전형적인 갑질이지만(세상에! 직원의 남편에게까지 권력을 행사하다니!) 아내의 허락도 받았겠다, 나 스스로도 재미있을 것 같아 열심히 해보겠다고 말했다. 다음날부터 게임회사 때와는 전혀 다른 진정한 일본 사회를 맛보는 경험에 폭 빠졌다.

마쓰리(祭り, 축제) 준비는 JR 미타카三鷹역 남쪽 출구에 마련된 조그마한 길가 공터에서 시작됐다. 아침부터 매미소리가 울려 퍼지는 무더운 여름날이다. 나는 비품 담당이었다. 공터로부터 2-30미터 떨어진, JR동일본 주식회사가 제공한 창고로 가서 각 축제 스케줄에 맞는 비품들을 확인하고 그것들이 제대로 움직이는지, 고장은 없는지 체크한 후, 7월 마지막 주 토, 일요일에 열리는 축제 당일의 시간대에 맞춰 운반하고 설치하는 예행연습을 반복적으로 실시했다. 군 생활을 해 본 사람들에게는 그야말로 별거 아닌 작업이었다. 아니, 오히려 이 일을 왜 일주일 동안이나, 그것도 아침 8시부터 오전 12시까지 매일 해야 하는지 이해가 안 될 정도였다.

그런데 매일 아침 그 장소에는 우리뿐 아니라 다른 젊은 친구들도 모였다. 그들은 아침마다 어떤 가게 오픈을 줄지어 기다렸다. 그들이 행렬을 만들며 입장을 기다리던 가게는, 지금은 사라진 파치 슬롯パチスロ 전문점 '뉴욕 클럽'이었는데, 이 파치 슬롯 전문점의 점장 아오키 씨도 축제 실행위원이자 나와 같은 비품 담당이었다. 아오키 씨는 가게 앞에 줄지어 선 가게 고객들을 향해 항상 깍

이렇게 살아도 돼

듯하게 인사했다. 그러면 줄을 길게 서고 있던 고객들이 "점장, 마쓰리보다 기계 좀 잘 나오게 해." 혹은 "설정 좀 화끈하게 넣어!" 같은 말로 화답했고, 다시 아오키 씨는 "아이고 죄송합니다. 오늘은 괜찮을 겁니다, 하하하."라며 다시 고개를 숙이곤 했다.

파치 슬롯이 뭔지 전혀 몰랐던 나는 저 가게가 뭘 하러 가는 가게인지, 고객들이 하는 소린 뭔지, 그리고 아오키 씨가 왜 그리 깍듯한 대응을 하는지 이해가 안 갔다. 하지만 하루에 서너 시간씩 매일 같이 시간을 보내다 보니 아오키 씨와 이내 친해졌고, 이 궁금증을 털어놓자 아오키 씨는 최대한 친절하게, 알기 쉬운 일본어로 설명해줬다.

"우리 가게는 파치 슬롯 기계로 노는 일종의 오락장인데, 가게 문은 10시에 열지만 저 손님들은 좋은 자리에 앉으려고 저렇게 아침부터 줄을 서는 거야. 고마운 고객들이지."

"좋은 자리란 게 뭐예요?"

"아, 파치 슬롯에는 설정이란 게 있는데, 설정이 좋은 자리에 앉아 하루 종일 돌리면 꽤 많은 메달이나 코인을 얻을 수 있거든. 이 메달과 코인은 경품으로 바꿔주는데, 그 경품을, 저기 보이지? 저기 교환소로 가져가면 돈으로 환전해 줘."

"아! 그러니까 카지노 같은 도박장이네요."

"아 이게 설명이 어려운데, 가게에서 직접 돈으로 바꿔 주는 건 아니고…. 암튼 돈을 넣으면 메달이 나오는데 그 메달 가지고 게임을 하다가 관둘 때 메달을 교환하면 돼. 에이, 이건 해보지 않으면 몰라. 설명하기 무지 어렵네."

"근데 아침에 일찍 나와서 기다린다고 좋은 자리에 앉을 수 있어요?"

"아, 우리 가겐 우량점이거든. 입장할 때부터 설정을 알 수 있어. 어떻게 아는지는 말해줄 수 없지만. 하하하."

"다음에 나도 한번 해봐야겠다."

마지막 말은 그냥 해 본 말이었는데 아오키 씨가 정색하고 손사래를 친다.

"안돼, 하지 마. 절대 하지 마. 한번 빠지면 큰일 난다."


그땐 그가 왜 그러는지 몰랐다. 친해졌으니까 내 딴엔 영업 멘트 한번 날린 것뿐이었는데 가게의 책임자인 그가 왜 오지 말라고 하는 것인지.

하지만 나는 일주일 후 축제를 성공적으로 끝낸 다음날 오전 10시에 알 수 있었다. 한국 돈 10만 원에 달하는 1만 엔이 불과 30분 만에 사라졌기 때문이다.

# 호기심, 그리고
# 허락

"파치 슬롯 필승 가이드가 아마 있을 거야."

축제가 성공적으로 끝나고 나는 일상으로 돌아갔다. 그런데 그 일상은 지금까지 내가 보내온 일상과는 전혀 다른 형태의 일상이 었다. 일명 '파치 프로'라고 불리는 전문 도박꾼이 된 것이다.

계기는 두 가지였다. 하나는 아오키 씨의 존재였다. 일주일간 축제 준비를 하며 파치 슬롯이 어떤 것인지 차근차근 들을 수 있었다. 아오키 씨는 설마 내가 파치 슬롯에 뛰어들까 싶었는지 보통 같으면 절대 말하지 않을 법한 내부 비밀도 많이 알려줬다.

그중에 가장 인상적인 것을 꼽으라면 '슬롯은 결국 사람과의 두 뇌게임'이라는 말이었다. 무슨 뜻이냐면, 일본의 슬롯머신은 카지노의 슬롯머신과 달리 모든 기계의 설정을 한 대 한 대 변경시킬 수 있다. 이 설정은 '설정사設定師'라고 불리는 사람이 직접 하는데, 아오키 씨가 책임자인 파치 슬롯 전문점 뉴욕 클럽은 머신을 설정할 때 가게 나름의 규칙이 있어 특별히 이벤트가 없는 날에도 대여섯 대 중 한 대는 매우 좋은 설정, 즉 플레이어가 딸 가능성이 아주 높도록 설정한다고 했다.

즉, 내가 축제 준비를 하면서 봤던, 아침마다 몰려온 파치 프로들은 설정이 좋은 자리를 차지하기 위해 개점 두 시간 전부터 줄을 섰던 것이다. 그러고 보니 매일 같은 시간에 정확하게 나타나는 인물들이 있었다. 그들이 바로 속칭 '파치 프로'였다.(파치 프로는 크게 구슬치기 파친코를 전문으로 하는 이들과 메달을 사용한 파치 슬롯을 사용하는 이들로 나뉜다.)


하지만 의문이 든다. 아침마다 줄을 선다고 좋은 자리를 매일 앉을 수는 없지 않은가? 비품 정리 중 휴식을 취하며 캔 커피를 마시던 아오키 씨에게 질문을 던져 보았다.

"그렇지. 저런다고 매일 딸 수는 없지. 그래서 자리를 잘못 앉았다 싶으면 중간에 게임을 관둬. 그날은 마이너스지만 일찍 그만두면 큰 마이너스는 아니거든. 다른 날 복구하면 되니까. 그러려면 데이터를 항상 체크하고 메모해둬야 해. 그래서 게임을 일찍 접은

이렇게 살아도 돼

날도 가게 문 닫을 때 다시 오는 거야. 와서 전체 기계의 데이터를 다 체크해. 엑셀로 표를 만드는 놈들도 있어.

개들한텐 그게 일이니까 당연히 최선을 다하는 거지. 프로가 그런 거 아니겠어?"


설정에 대해서도 아오키 씨는 구체적으로 이야기를 해줬다.

"설정이란 각 기계의 인아웃In-Out 퍼센티지를 조정하는 거야. 보통 1부터 6까지가 있고 6단계가 가장 퍼센티지가 높아.

편의점에서 슬롯 관련 잡지를 사보면 금방 이해가 될 건데, 아, 맞다. 박상은 외국인이라 힘들려나? 아무튼 그 잡지에는 각 기계의 설정에 따른 페이 아웃(pay out, 기계에 투입한 돈 대비 딸 수 있는 돈의 비율)가 적혀있어. 설정이 1이라면 보통은 기계가 이겨. 가게가 손님 돈을 따는 거지. 페이 아웃이 90% 정도니까. 반면 설정 6이면 손님이 따. 110-119%의 페이 아웃이니까."

"그러니까 설정 1인 기계에 만 엔 넣었을 때 9천 엔 돌려받고, 설정 6인 기계면 11,000엔에서 11,900엔을 돌려받는다는 건가요?"

아오키 씨가 커피를 마시다가 놀란 얼굴로 나를 쳐다본다.

"맞아. 맞아. 기본은 그거야. 야, 금방 이해하네. 아 참, 그런데 이건 게임당 페이 아웃이기 때문에……."

"게임당 페이 아웃은 무슨 말이죠?"

"자 봐봐, 일본의 슬롯머신은 릴 웨이트가 4초 정도야. 슬롯머신을 한 번 돌리고, 다시 돌리기까지 4초가 걸린다는 소리야. 릴이 돌아가면 손님은 정지 버튼 세 개를 눌러서 같은 그림을 맞춰야 하는데, 아무리 빨라도 이걸 누르는 데에 1초는 걸려. 그리고 메달 투입구에 메달을 넣는 시간도 있어. 그러니까 한 게임 돌리는데 총 7-8초는 걸린다고 보면 돼. 1분이면 10게임, 10분이면 100게임, 한 시간이면…….."

"600게임."

"그렇지. 그런데 익숙한 사람이라면 700게임은 돌릴 수 있어. 보통 프로들은 한 시간에 700게임은 한다고 봐야지."

"팔 아프겠다."

"푸하하하. 그렇지. 반복 작업이니까. 하지만 프로들은 이걸 하루에 13시간씩 한다."

"말도 안 돼요. 밥도 안 먹고?"

"설정이 좋은 자리, 그러니까 설정이 5나 6이라고 판단되는 자리에 앉으면 밥이고 뭐고 계속 돌리지. 다른 날 손해 본 걸 벌충해야 하니까."

"그럼 페이 아웃이 어떻게 되는데요?"

"기계마다 페이 아웃이 다르지만, 계산하기 쉽게 페이 아웃 110%라 하면, 아까 한 시간에 700회전 돌린다고 했잖아. 13시간

돌리면 몇 회전이지?"

"9,100회전요."

"계산하기 편하게 9,000회전으로 잡고, 한 번 돌리려면 메달 3개를 넣어야 해. 그럼 이 기계를 하루 종일 돌리려면 메달 몇 개가 필요하겠어?"

"27,000개."

"빙고. 이게 인In이야."

순간 내 머릿속에도 스파크가 일어났다.

"아! 잠깐. 다 이해했어요. 27,000개의 10%. 즉 2,700개가 더 나온다 이거네요!"

"맞아! 그게 바로 아웃Out이야. 아까 설정 6일 때 페이 아웃이 110%라고 했잖아. 설정 6인 자리에서 하루 종일 돌리면 27,000×110, 즉 29,700개가 나오는 거지. 네 말대로 2,700개를 따는 거야."

"2,700개면 얼마쯤 되는데요?"

"50개에 조그만 경품 하나를 줘."

"그러니까 그게 얼마냐고요?"

"나는 그걸 말하면 안 되는 입장이긴 한데…… 하나당 천 엔."

"헐! 그럼 그런 자리에 앉으면 2,700개를 늘릴 수 있으니까……54,000엔을 버는 거네?"

"그런 셈이지. 근데 너 소질 있다. 금방 이해하네."

"소질이고 말고가 뭐 있어요. 그냥 산수네 뭐."

"푸하하. 그렇지, 산수지. 그런데 그런 원리도 모르면서 무작정 터질 것 같답시고 막 돈을 넣는 사람들도 있거든. 파친코는 몰라도 슬롯은 우연이 없어. 설정대로 종일 나오게끔 되어있어."

"중간에 설정을 바꾸는 경우는 없어요?"

"영업시간에는 절대 못 바꾸지. 그건 법률을 위반하는 거니까."

"그럼 아침에 앉으면 되네요. 그런 자리에. 그러고 보니 저번에 대여섯 대에 한 대는 설정 6을 넣는다고 했잖아요."

"응. 맞아. 그건 우리 가게에 오는 사람이라면 다 아는 사실이니까 비밀도 아니지."

"높은 설정을 많이 넣어주는 날도 있어요?"

"응. 끝자리에 7이 붙는 날엔 두 대 중 한 대는 4-6의 고 설정을 넣어. 이런 날은 가게가 적자야. 서비스하는 날이니까."

"와, 되게 좋은 가게 같아요."

"내가 전에 말했잖아. 우리 가게는 우량점이라고. 거짓말 아냐, 그거."


휴식시간이 끝나고 일어나면서 말했다.

"진짜 한번 가봐야겠다."

처음에는 그렇게도 오지 말라고 했던 아오키 씨가 커피 캔을 휴

이렇게 살아도 돼

지통에 던져 넣으며 진지하게 말한다.

"이야기해보니 넌 해도 될 것 같다. 잃지는 않을 것 같아. 사실 계산만 잘 하면 손해는 안 봐. 다만 가게에선 날 보더라도 친한 척 하진 마. 손님들이 오해하거든."

"그건 또 무슨 말이에요?"

"뭐, 하다 보면 알게 돼. 그나저나 축제가 빨리 끝났으면 좋겠다. 자원봉사도 하루 이틀이지. 이 동네는 행사가 너무 많아."

그제야 본질적인 의문이 들었다. 책임자라고 해도 아오키 씨는 월급쟁이 점장일 뿐인데, 왜 한창 일해야 할 시간에, 그것도 일주일 동안이나 잡혀있는 걸까?

"일본에서 파치 슬롯 가게는 평판이 별로 안 좋거든. 사실상 도박장이라는 걸 모르는 사람이 없으니까. 그래서 이런 봉사활동이나 거리청소 같은 걸 많이들 해. 우린 지역밀착형이라 더 그렇지."

"지역밀착형 가게도 있어요?"

"응. 한꺼번에 너무 많이 알려고 하진 말고. 암튼 그런 게 있어. 어? 우리 부른다. 빨리 가자."


아내와 저녁식사를 하면서 낮에 아오키 씨와 나눈 대화를 들려줬다. 그러자 아내는 "슬롯은 그렇지"라고 아무렇지도 않게 답한다. 깜짝 놀라 "아니 당신도 해봤어?"라고 물었다.

"응. 예전에 몇 번? 슬롯을 한 번도 안 해본 일본인을 찾기가 더 힘들걸?"

혹시나 싶어 밥 먹다 말고 바로 게임회사의 상사였던 마쓰나가에게 전화를 걸었다.

"난 매주 일요일마다 가. 지난주에 좀 땄어. 한 4만 엔 정도?"

마쓰나가의 거리낌 없는 대답이 들려왔다. 뭐야? 이거 도박이 아니잖아.

경마로 인생을 조질 뻔한 경험이 있는지라 한번 가보고 싶어도 심리적 부담이랄까, 방어기제의 허들이 꽤 높았다. 하지만 의외로 주변 사람들 반응이 선선하니 해도 되는 건가 싶었다. 이때 마쓰나가와의 통화를 끝낸 나에게 아내가 갑자기 외친다.

"아! 맞다. 그러고 보니 고쿠분지 본가에 책 있어."

"무슨 책?"

"〈파치 슬롯 필승 가이드〉."

아오키 씨가 말한 편의점에서 판다는 잡지 같았다. 그런데 이해가 안 간다. 아내 집에 슬롯머신을 할 사람이 없다. 장인어른은 바둑만 두는 분이었고, 장모님은 투병생활 중이다. 아내가 내 갸웃거림을 눈치챘는지 바로 설명해줬다.

"그 잡지를 만드는 회사가 뱌쿠야쇼보白夜書房라는 곳인데, 발행

이렇게 살아도 돼

인이 모리시타라고 어머니 사촌이거든. 그래서 그 출판사에서 나오는 잡지들을 커다란 박스에 넣어서 매달 보내줘. 그 안에 아마 〈파치 슬롯 필승 가이드〉도 있을 거야. 본 기억이 나."

생각해 보니 한 달에 한 번씩 커다란 소포 박스가 오긴 했다. 장모님의 결혼하시기 전 성性이 모리시타였다는 말도 어렴풋이 들었던 것 같다. 나중에 알았지만 이 뱌쿠야쇼보란 곳은, 물론 고단샤講談社나 슈에이샤集英社 등 메이저 출판사에는 미치지 못하지만 그래도 제법 큰 출판사였다. 한 달에 열종 이상의 잡지를 발행했고, 나중에 코어매거진이라는 출판사에 판권을 넘기긴 했지만 〈BUBKA〉라는 당대 최고의 언더그라운드 잡지를 내던 곳이었다. 〈파치 슬롯 필승 가이드〉, 〈파친코 필승 가이드〉는 〈BUBKA〉와 함께 회사를 대표하는 킬러 콘텐츠였다.

"이왕 갈 거면 그거 읽고 가. 오빠가 하려는 게 무슨 기계인지는 알고 가야지."

그렇게 나는 짧지도 길지도 않은 '파치 프로의 길'로 들어섰다. 하지만 돌이켜보면 슬롯머신에 전혀 거부감이 없던 아내의 태도가 9개월 후, 그러니까 2005년 5월 파치 프로 생활을 단칼에 그만두겠다고 결심하는 계기로 작용했던 것도 같다. 절박하면 오히려 매달리는 게 사람 심리다. 적어도 경마와 사채의 늪에 제대로 빠져본 나는 잘 안다.

하지만 파치 프로 생활은 절박한 마음으로 시작하지 않았다. 아오키 씨라는 '동네 형'의 설명을 들은 다음 원리부터 접근했고, 무엇보다 아내의 생각이 열려 있었다. 그러다 보니 부담이 없었다. 즉, 절박하지 않았다. 반드시 따야 한다는 책임감도 없었고, 빌린 돈도 없었다. 모아둔 돈도 있겠다, 아오키 씨가 말한 슬롯의 기본 원리와 잡지에 실린 각 기계의 특성만 파악한다면 충분히 해볼 만한 '두뇌게임'으로 여겨졌다.

첫날 1만 엔을 30분 만에 날렸을 땐 아찔했지만 이내 가게 상황을 파악했고, 설정사와의 두뇌싸움에서 이기는 날이 점점 많아졌다. 한 달 다니다 보니 가게 단골손님들과도 친해졌다. 당연한 일이지만, 나도 아침 8시부터 줄을 서기 시작했기 때문이다.

개점까지 두 시간이나 남았고, 매일 보는 얼굴인데 아무 말 없이 멀뚱멀뚱 서있는 것도 이상하지 않나. 누가 먼저랄 것 없이 인사를 나누고 정보를 교환했다.

그렇게 누구나가 인정하는 진짜배기 파치 프로가 되었다. 비록 9개월 동안이었지만 말이다.

# 파치 프로의 길

"오늘은 뭐 할 건데요?"

"어제 자리는 설정이 6이었는데도 플러스마이너스 제로로 끝났거든."

"그럼 그 자리는 앉지 말아야겠네. 오늘은 많이 뽑아요."

노리던 자리가 있어서 이른 아침부터 출발했다. 도착하니 7시 30분. 평소보다 30분 먼저 도착했는데 먼저 온 사람이 있다. 이미 안면을 터 알고 지내는 녀석이다.

본격적인 파치 프로 생활이 시작된 지 일주일 만에 타고난 친화력과 가부키초 호객꾼 경험을 살려 웬만한 단골과는 편하게 대화를 나누는 절친한 사이가 됐다.

알고 지내다 보면 정보교환은 물론, 양보 정신을 발휘할 때가 종종 있다. 방금 전 나와 대화를 나눴던 녀석도 마찬가지다. 먼저 와서 기다리고 있었지만 어느 자리에 앉을 것인지 물어온다. 내 자리를 알아야 자기가 그 자리에 먼저 앉는 불상사를 피할 수 있기 때문이다. 본명은 모르지만 릿쿄대학(立教大学, 도쿄의 명문대)에 다니고 있어 모두들 '릿쿄'라고 부르는 녀석이다.

슬롯머신의 종류가 다양해지고, 도박성이 높았던 '4호기'(슬롯머신 기종은 법률의 변화 등에 따라 여러 차례 바뀌었다) 전성시대였다. 일본 슬롯머신 역사상 가장 프로로 활동하는 사람이 많았던 시기다. 최고 설정, 이른바 '6' 자리는 페이 아웃이 119%를 넘나들었다. 어느 가게에나 이런 자리가 있었다. 손님을 놓치지 않기 위해서다. 가게가 고 설정을 넣지 않는다는 소문이 나면 손님은 가게를 찾을 이유가 없다. 다른 가게에도 고 설정 자리가 널려있으니까.

모든 도박이 다 그렇겠지만 일단 손님이 찾아오도록 돈을 풀어야 한다. 손님이 오지 않으면 돈을 풀고 말고 할 것도 없다. 그냥 망하는 거다.


게다가 내가 다닌 아오키 씨의 뉴욕 클럽은 도쿄에서 다섯 손가락 안에 들 정도의 우량점이었다. 지금처럼 스마트폰과 인터넷이 대중화된 시기가 아니었기에 망정이지, 만약 저런 우량점이 지금도 존재한다면 가게 문을 열기 전에 천명은 줄을 설 거다.

파치 슬롯 가게가 지역밀착형이라던 말의 뜻도 차츰 알게 됐다. 미리 줄을 서면 만날 같은 얼굴만 보이는데, 이렇게 한 가게만 공략하는 프로들을 '지구마' 프로라고 부른다. 〈파치 슬롯 필승 가이드〉에 칼럼을 쓰던 다야마 프로가 제일 먼저 사용한 용어인데, 한자로 쓰면 地熊, 즉 지역의 곰이라는 의미다. 일본 생태계 먹이사슬의 최상위 포식자인 곰, 그것도 한 지역에만 출몰하는 녀석이다. 곰은 당연히 파치 프로, 지역은 가게를 의미한다. 아오키 씨가 말한 '우리는 지역밀착형 가게'라는 말도 여기서 비롯된 셈이다.

규모는 줄긴 했지만 지금도 남녀노소 가리지 않고 즐기는,
일본 사회가 공인한 도박장이다.

혹자는 '프로만 있으면 가게 망하지 않나?'라고 생각할지도 모르겠다. 꼭 그렇지도 않다. 프로의 가장 큰 장점은 가동률이다. 프로라면 같은 시간에 한 게임이라도 더 돌린다는 자세를 기본적으로 가지고 있다.

일반 손님이 많아야 1-2만 엔만 즐기고 자리를 뜨는 데 비해, 프로는 10만 엔이라도 돈을 넣는다. 가게의 매출이 올라가는 것이다. 고 설정으로 세팅하는 자리의 수는 어차피 정해져 있으니 아웃이 어느 정도일지는 예측 가능하다. 하지만 인, 즉 매출은 예상하기 쉽지 않다. 이럴 때, 일반 손님 서너 명보다 프로나 세미프로 한 명이 훨씬 환영받는다.

설정을 알아내고 포기할지 지속할지 판단을 내리려면 최소 2,000회전은 돌려야 한다. 2,000게임×3개니 프로 한 명당 최소 6,000메달이라는 매출이 매일 발생하는 셈이다. 지구마 프로를 우대하는 이유가 여기에 있다.

파친코, 슬롯머신 가게에 한 번이라도 가본 사람은 기계 옆에 붙어있는 '프로 출입 금지' 경고문을 본 적이 있을 것이다. 단언컨대 그런 가게는 대부분 번화가에 있다. 번화가 가게는 가만있어도 사람들이 들락날락하기 때문에 크게 매출에 신경을 쓸 필요가 없고, 고 설정도 기대할 수 없다.

하지만 지역밀착형 가게는 프로들이 사라지면 가게의 존립이 위험해지기 때문에 어느 정도는 베풀어야 한다.

그리고 프로라면 그렇게 베푸는 날, 어느 기계가 고 설정인지를 핀 포인트로 맞출 수 있어야 한다. 매일 데이터를 메모하는 것도 그런 날 좋은 자리에 앉기 위한 노력의 일환이다.

뉴욕 클럽에는 젊은 프로들이 많이 찾아왔다. 나는 당시 만으로 27살이었는데 프로들 중에 딱 중간쯤 되는 나이였다. 20대 초반 대학생이 수두룩했다. 학교를 물어보면 '릿쿄'가 그랬듯 명문대 재학생도 꽤 많았다. 호세이法政, 쓰다주쿠津田塾, 도쿄가쿠게이東京学芸, 쥬오中央 등등. 하긴 파치 프로 르포라이터 중에는 도쿄대 출신도 있었다. 위에서 잠깐 언급한 '지구마 프로'라는 말을 만든 다야마 유키노리 씨도 비록 중퇴하긴 했지만 도쿄대 출신이다. 그런 쟁쟁한 라이벌들 사이에서, 그것도 외국인이 살아남았으니(순수한 외국인 프로는 나밖에 없었다. 재일 동포 프로는 서넛 있었지만) 나도 참 대단했다는 생각이 든다.

어찌 됐건 명문대생들이 슬롯에 몰두하는 모습도 신선한 충격으로 다가오긴 했다. 한 번은 릿쿄에게 물어봤다. 학교 안 가냐고, 이 일을 계속할 생각이냐고.

"에이. 그래도 졸업은 해야죠. 근데 돈은 이쪽이 훨씬 많이 버니까. 지금은 이것만 할 생각이에요."

"나중에 취직할 때 힘들지 않을까?"

"그건 그때 가서 생각하면 되잖아요. 어차피 우리는 잃어버린 세대니까."

하긴, 일본은 '잃어버린 30년'의 최저점을 통과하던 시기였다. 던힐 담배를 하나 꺼내들더니 불을 빌려달라고 하는 그의 모습을 보며 어렴풋이 짐작이 갔다. 왜 이렇게 젊은, 그것도 명문대 학생들이 아침마다 도박장에 몰려드는지. 할 일이 없어서다. 미래가 보이지 않기 때문이다. 그 절망감을 돈으로 채운다. 슬롯머신은 그걸 가능하게 했다.

이런저런 상념에 빠져 있는데 개점을 알리는 아오키의 목소리가 들린다. 가벼운 인사를 하고 가게 안으로 들어갔다. 두 번째로 입장했기 때문에 수월하게 원하는 자리에 앉을 수 있었다.

8대 장군 요시무네八代将軍吉宗라는 기종이다. 에도시대에 흥미가 있는 사람이라면 들어본 적이 있을 것이다. 에도막부江戸幕府의 8대 통치자 도쿠가와 요시무네徳川吉宗를 모티브로 한 기계로, 최고 페이 아웃 119%의 폭렬기爆裂機다.

하지만 코인 단가가 매우 높아 설정이 6이라 해도 잃을 땐 잃는다. 코인 단가는 한 게임을 돌릴 때 들어가는 3개를 기준으로 산정한다. 코인 단가를 계산하는 복잡한 수식도 있다.

코인 단가가 높으면 폭렬기, 낮으면 안정기安定機라 부른다. 지금도 현역으로 이용되고 있는 안정기의 대표인 자글라 시리즈는 코인 단가가 2.3이고, 내가 주로 하던 요시무네나 '북두의 권(北斗の拳, 만화 원작의 이미지를 사용한 파치 슬롯머신)' 등은 코인 단가가 3.5 수준이다. 한 게임을 돌리기 위해 메달 3개를 넣지만, 실제로는 3.5개가 들어간 거나 마찬가지라는 뜻이다. 이런 폭렬기는 보너스를 맞추기 위해 투자를 많이 해야 하지만, 일단 보너스를 맞추면 연이어 보너스가 나오는 '연짱'이 터질 가능성이 높아 3.5라는 코인 단가가 아깝지 않다. 연짱이 잘 이어질 경우 순식간에 몇 천 개의 메달이 쏟아져 나온다.

물론 그 반대의 경우도 존재한다. 설정이 6인데도 돈을 잃었다면 연짱이 잘 터지지 않았다는 말이다. 그런 경우 적어도 이 가게는 설정을 그대로 놔둔다. 뉴욕 클럽의 오랜 전통이다. 내가 전날 했던 이 기계는 설정이 6임을 확인받은 자리다. 이 시기의 우량점은 가게 영업이 끝난 후 고객이 원하면 설정을 확인시켜줬다. 그럼 다음날은 새벽부터 기다려야 한다. 경쟁자들도 데이터를 전부 취합하기 때문이다. 어떤 자리의 설정이 6이었는데 손님이 잃었다면 다음날도 설정 6이 이어지니, 당연히 다른 프로들도 그 자리를 노린다.

그래서 오늘은 최대한 일찍 간 것인데 다행히 '릿쿄' 녀석만 나보다 먼저 줄을 서 있었고, 대화 끝에 그 자리는 내게 양보하는 걸로 결론이 난 것이다.

 아무튼 그렇게 자리 잡은 기계는 전날의 울분을 풀기라도 하듯 미친 듯이 메달을 쏟아냈다. 보너스는 크게 빅 보너스와 레귤러 보너스로 나뉘는데, 요시무네의 경우 빅 보너스가 맞으면 메달 711개가 나온다. 한 번 맞을 때마다 14,000엔이 생기는 셈이다. 이 빅 보너스로만 개점한 지 한 시간 만에 10연짱을 달성했다. 투자한 금액은 5천 엔에 불과했는데. 무려 6,000개의 메달이 기계 위에 나열됐고, 아오키가 내 자리에 '대폭발'이라는 깃발을 꽂는다. 주위 사람들도 오가다가 한 번씩 쳐다본다. 안면이 있는 프로들이 "사스가(さすが, 역시)!"를 연발하며 손뼉을 쳐 준다.
 이후로도 메달은 점점 늘어났고 폐점 직전까지 돌렸다. 총 6,200 회전, 빅 보너스 39번, 레귤러 보너스 13번. 메달을 계수기에 흘려보낸다. 18,500개. 지금도 그날의 풍경을 완벽하게 기억하고 있을 정도로 인상적인 하루였다. 환급하니 37만 엔이다. 5천 엔을 투자했으니 36만 5천 엔의 수입을 올렸다.

 그땐 그렇게 압도적으로 승리한 날도 들뜨지 않고 냉정했다. 경품을 받아 돈으로 바꾼 다음, 다시 가게로 돌아가 언제나 그랬듯 모든 기계의 데이터를 노트에 적었고 다음날 아침 여전히 8시에 가게에 도착해 줄을 섰으니까.

한국에서 경마를 했을 때 만약 이 정도 수입을 올렸다면 친한 직원들 부르고 소고기 쏘고 클럽도 가고 아마 난리가 났을 텐데 전혀 그렇지 않았다. 성장한 것인지, 아니면 일과이자 직업이라고 생각해서 그런 것인지 지금도 잘 모르겠다. 아내 덕분일 수도 있다. 아내도 일을 마치면 한두 번씩 슬롯 가게에서 기계를 돌리며 나를 기다려주곤 했다.

경마를 했을 땐 누구에게 들키지나 않을까, 사채마저 손댔으니 큰일이라는 절박감이 컸는데, 슬롯은 들뜨고 말고 할 것도 없었다. 경쟁자들보다 더 노력하면, 즉 최선을 다하면 돈을 벌 수 있는 구조였으니까.

아무튼 매일 루틴을 반복하다 보니 시간이 흘러갔다. 어느새 가을이 됐고, 겨울이 찾아왔다. 그리고 한 달에 5-60만 엔은 거뜬히 벌던, 순조롭던 내 파치 프로 생활은 생각하지도 못한 곳에서 종결을 맞이한다.

# 결단과 태도

여느 때와 다름없이 줄을 섰다. 해가 바뀐 2005년 봄 어느 날이었다. 새로운 기계가 들어왔다는 안내 메시지가 들어온다. 아마 우리 세대라면 일본인, 외국인 가리지 않고 다 알 법한, 아니 적어도 이름은 들어봤을 애니메이션 〈신세기 에반게리온〉이 파치 슬롯 기계로 나온다는 소식이다. 에반게리온을 전부 봤던지라 당연히 기대하고 있었는데, 릿쿄가 가게 앞에 세워진 광고간판을 보고 깜짝 놀란다.

"와! 진짜 5호기가 나오는구나."

"아, 이게 5호기야?"

당시 〈파치 슬롯 필승 가이드〉 등의 공략 잡지에는 기존의 4호기와 전혀 다른, 새로운 형태의 5호기로 바뀐다는 기사가 종종 실리곤 했다. 하지만 내가 파치 프로 생활을 시작했던 2004년 여름부터 이 말이 계속 나왔었기 때문에 그다지 진지하게 생각하지 않았다.

5호기라고 해서 설정이 없는 것은 아니다. 6단계 설정은 여전히 존재했고(물론 그중에는 설정이 2단계나 4단계로 나오는 기계도 있었지만) 최고 설정인 6이라면 페이 아웃 110% 언저리는 유지하고 있었다. 앞서 말했든 110%만 되어도 하루 4-5만 엔은 벌 수 있다.

그런데 릿쿄의 표정이 별로 안 좋다. 왜 그러냐고 물어보니 나름 논리적인 설명을 풀어놓는다.

"5호기의 최대 약점이 코인 단가거든요. 4호기가 사행성을 조장한다는 비판이 많았기 때문에 기종을 바꾸면서 사행성을 억제하겠다고 이런저런 조건이 걸렸어요. 그 중 하나가 페이 아웃을 110% 이내로 줄인다, 즉 110% 이상은 아예 승인을 통과하지 못해요. 그리고 코인 단가가 3 이하가 되어 버렸어요. 단시간에 기대한 만큼의 수익을 거둘 수 없게 된 건데, 그러면 우리 같은 프로들은 몰라도, 일반 손님은 확 줄어버리겠죠."

무슨 말인지 바로 감이 왔다.

"아, 그럼 고 설정이 아예 안 들어갈 확률이 점점 커지겠구나."

"네. 맞아요. 당장은 아니겠지만, 조만간 이 생활 접어야 할지도 모르겠네요."

앞에서도 말했지만 모든 가게의 손님은 프로와, 프로가 아닌 일반인으로 나뉜다. 가게도 먹고살아야 한다. 그래서 매출을 만들어주는 프로가 우대받는다. 하지만 프로만 모이면 종국엔 가게가 망한다. 공략이 뭔지 모르는 일반인(이들은 양분이라고 부른다)들도 게임을 해줘야 한다. 그들이 승패에 상관없이 돈을 써야 가게가 유지된다.

그런데 이들은 시간이 없는 사람들이다. 남편과 아이들을 학교에 보낸 후 약간의 짬이 생긴 주부나, 직장을 마친 뒤 집에 귀가하기 전에 잠깐씩 가게에 들르는 샐러리맨들은 간혹 한 번씩 한두 시간 안에 수천 메달을 뽑는 짜릿한 재미 때문에 슬롯을 한다.

4호기는 그런 재미를 한껏 느낄 수 있었다. 설정 6의 '평균' 페이 아웃이 119%를 넘지 않아야 한다는 제한을 빼면 별다른 규제가 없었기 때문이다. 하지만 이 특징을 이용해 코인 단가를 극도로 높여 실제 페이 아웃이 140-150%에 가까운 기종을 인위적으로 만들어내는 경우가 종종 있었고, 이것 때문에 정부 차원의 규제가 들어온 것이다.

코인 단가가 낮아지면 설정 6은 90% 이상의 확률로 돈을 딴다. 하지만 그만큼 시간이 필요하다. 평균 페이 아웃의 수혜를 누리기 위해선 오랜 시간이 필요하다. 즉, 샐러리맨에게는 무리인 셈이다.

2019년 현재 슬롯의 왕으로 불리고 있는 슬롯머신 '자글라'.

한두 시간을 빡세게 돌려본들 1,000개 정도(약 2만 엔)를 겨우 벌 수 있다. 이것도 운이 좋았을 때 이야기다.

　애초에 코인 단가가 낮으면서 고 설정인 자리가 퇴근시간에 비어있을 리가 없다. 프로가 이미 자리를 잡고 돌리고 있지. 이것도 5호기의 큰 약점 중 하나였는데, 코인 단가가 낮으면 어느 기계가 고 설정인지 쉽게 파악할 수 있다. 고 설정인지 아닌지는 몇 천 게임은 돌려봐야 짐작할 수 있는데, 코인 단가가 높으면 설정을 알아내기까지 투자를 많이 해야 하는 셈이다. 플레이어가 고 설정임에도 불구하고 도중에 자금이 부족해 게임을 포기할 수도 있다.

그런데 코인 단가가 낮으면 같은 돈으로 많은 게임을 해볼 수 있어서, 내 경험에 따르면 대략 1,000회전(2만 엔 선) 정도 돌리면 고 설정인지 아닌지 어느 정도 파악 가능하다. 여러모로 시간이 없는 이들에겐 불리한 규제였다.

문제는 일견 샐러리맨, 혹은 주부들에게만 영향을 줄 것 같은 이 규제가 종국에는 프로에게도 막대한 피해를 끼친다는 것이다.

조금만 생각해도 금방 알 수 있다. 예전만큼 단시간에 메달을 딸 가능성이 사라지면 일반 손님들이 점차 줄어들 수밖에 없다. 적은 시간에 많은 메달을 딸 기회 자체가 차단되면 '재미'도 사라지기 때문이다. 그들이 줄어들면 가게는 필연적으로 설정 좋은 기계를 많이 배치할 수 없다. 매출이 줄어드는 마당에 프로들만 모여 고 설정을 독식한다면 적자가 날 게 뻔하기 때문이다.

예전에 고 설정 기계가 대여섯 대에 하나였다면, 5호기는 열 대 중 하나만 고 설정을 하게 될 테고 이렇게 되면 프로들도 점점 떨어져 나간다. 처음에야 기존처럼 프로들 간에 치열한 경쟁이 벌어지겠지만 그것도 고 설정 기계가 존재한다는 전제에서나 가능한 일이다. 아예 고 설정 기계 자체가 없다는 사실을 알게 되면 프로도 발걸음을 끊는다. 조금이나마 상황이 나은 가게로 이동해 버리는 것이다. 그야말로 악순환이다.

실제로 5호기 시대가 도래한 후, 미타카 역 근처 중소 규모의 점포는 1년 이내에 모조리 문을 닫았다. 뉴욕 클럽도 처음엔 어떻게든 버텼지만 결국 2009년에 폐점했다.

나는 이때도 운이 좋았다. 슬롯머신들이 5호기로 바뀌던 2005년 봄 즈음, 소프트뱅크가 오마이뉴스 재팬에 투자한다는 말이 솔솔 퍼져 나왔고, 종이신문을 발행하는 오마이뉴스 일본 지사도 설립됐다. 일주일에 한번 꼴로 오마이뉴스에 기사를 썼던지라 일본 지사장으로부터 기자로 일해보지 않겠냐는 제안이 왔다.

망설이지 않고 결단했다. 9개월간 이어진 파치 프로 생활에 회의감이 조금씩 들 때였다. 일단 팔이 너무 아팠다. 하루에 똑같은 동작을 7-8,000번씩 반복해야 한다. 아니, 버튼은 세 번 눌러야 하니 2만 번 이상 똑같은 행위를 해야 한다. 한 달에 25일 나간다 치면 50만 번이다. 9개월간 이 생활을 했으니 450만 번 팔을 들었다 놨다 한 셈이다. 쉬는 날 혹은 일요일, 기사를 쓸 때마다 손가락 끝이 찌리릿 비명을 질러댔다.

'아, 끝내야 하는 시기가 온 것인가?'라는 막연한 생각을 하고 있을 때 5호기 시대가 도래했다. 새로운 기계가 나올 때마다 공략 잡지를 읽으며 이런저런 계산을 해봤지만, 어떻게 해봐도 수입이 ⅓로 줄 거라는 생각이 들었다. 즉 5-60만 엔이던 수입이 17-20만 엔으로 줄어든다. 이것도 가게의 스탠스가 예전과 다름없다고 상정했을 때다. 앞서 말한 바와 같이 가게들이 점점 보수적으로 나온다면 수입은 더 줄어들 것이다. 한 달에 고작 10만 엔 벌겠다고 50만 번이나 똑같은 동작을 반복해야 하나, 이 생각이 드는 순간 허탈한 자괴감이 밀려왔다.

딱 그때 제안이 온 것이다. 계산할 것도 없이 월급쟁이 기자 세계에 투신했다. 월급은 25만 엔밖에 안 됐지만 저축해 둔 돈도 꽤 됐고(파치 프로 생활을 하면 돈 쓸 일이 없어진다. 돈도 시간이 있어야 쓰는데 모든 시간을 슬롯에 바치니 당연하다.), 아내도 여전히 일을 하고 있었다. 마지막으로 파치 프로 생활을 계속했을 때의 기대수입과 비교해도 이쪽이 훨씬 나았다. 누가 보더라도 합리적인 선택이었고, 아내도 내 결정을 전폭적으로 지지했다.


시간이 흘러 술집을 운영할 때, 파친코나 슬롯머신이 화제에 오르는 경우가 종종 있었다. 손님들 사이에서 오늘 땄니 어쩌니 하는 대화가 나온다. 내게도 "마스터, 슬롯머신 할 줄 알아? 해본 적 있어?"라는 질문을 꼭 한다. 그때는 그냥 웃고 만다. 하지만 술이 들어가고 대화가 유사역사학 논쟁처럼 허무맹랑하게 흘러갈 때, 그러니까 "돈을 엄청 먹은 자리는 나중에 반드시 터지게 되어 있다"라든가 "한 번 연짱이 터진 자리는 앉으면 안 돼" 같은 근거 없는 이야기로 흘러가면 도저히 듣고 있질 못해, 술기운에 파치 프로 시절 에피소드를 이야기할 때가 있다. 그러면 다들 놀란다.

그 놀라움은 여러 가지 의미를 내포하고 있다. 우선 파치 프로에서 저널리스트라는 그 드라마틱한 전직転職 과정, 그리고 당장 눈에 보이는 꽤 큰 수입을 포기하고 절반 밖에 안 되는 수입을 택한 결정, 파치 프로 생활이 그렇게 치열하구나, 하는 경이로움 등등.

기숙사 관리인에게 헤어지는 법을 배웠고, 가부키초 호객꾼 생활을 통해 직업에 귀천이 없다는 점을 배웠다면, 짧다면 짧은 파치 프로 생활을 통해서는 프로로서의 삶을 배웠다.

그것이 비록 슬롯머신이라는, 어떻게 보면 한국 독자들에게는 비정상의 영역에 드는 업業이라 할지라도 나에게는 이후 지속된 내 삶의 태도를 규정짓는 중요한 경험이었다.

2001년에 일본에 왔고, 이때가 2005년이었다. 불과 4년간의 경험이 이후 내 인생을 결정지은 셈이다. 한국 나이로 딱 서른이었다. 나이 서른에 평생 어떻게 살아갈 것인가에 대한, 그리고 어떤 일을 하더라도 최선을 다하면 된다는 업業에 대한 태도를 마스터한 셈이다. 누군가에게는 이해할 수 없는 천한 업이라 할지라도, 인생의 단단한 자양분으로써 지금도 여전히 작용하고 있으니, 나는 그것으로 족하다.

# 02

# 사는 게
# 직업이다

# 업과
# 멋

업業 이야기를 꺼낸 김에 조금 더 풀어보고 싶다. 나는 모든 업에는 그에 맞는 '멋'이 있다고 생각한다. 그리고 그 멋의 대부분은 업에 맞는 외양이나 행동에서 나온다. 외모와 행동에는 아주 약간의 갭이 있는 게 좋다. 그 차이가 훌륭한 화학작용을 일으킨다.

가령 단정한 제복을 걸친 얌전한 외모의 발레파킹 관리인이, 차를 주차할 때는 목 단추를 하나 풀고 오른손을 왼쪽 좌석에 자연스럽게 걸친 후, 45도 각도로 터프하게 한두 번의 핸들링으로 주차를 완성하는 모습은 그 자체로 멋이 흘러넘친다. 얌전한 외양의 그가 서투르게 차가 조금이라도 긁힐까 주저주저하면 멋없다. 차라리 험악한 인상이라면 이게 갭으로 작용해 귀여운 맛이라도 있지만.

다 쓰고 회수한 목장갑.
상태가 괜찮은 건 물에 헹궈 말린 후 걸레 용도로 쓴다.
지금 업이 노가다이기 때문에 비품 하나 허투루 버리지 않는다.

　나 역시 이 점을 항상 염두에 두면서 일을 했다. 지금의 내 모습
을 본 사람들은 믿기지 않겠지만, 사람을 일상적으로 대하는 업,
즉 술집 마스터나 호객꾼 일을 할 때는 1개월에 한 번씩 멋들어진
카키 브라운 염색을 했다. 옷은 항상 남색 혹은 아이보리 정장 바
지였고, 구두는 10만 엔을 호가하는 발렌시아가를 신었다. 주말에
는 청바지를 주로 입었는데 이때도 이브생로랑이나 발만, 못해도

캘빈클라인이었다. 상의는 검은색이나 회색 계통의, 특히 브랜드 로고가 선명히 드러나는 셔츠를 걸쳤다. 시계는 오메가나 까르띠에. 머리는 2:8 가르마 혹은 올백으로 훤칠한 이마를 뽐냈다.

이렇게 세팅하는 데 걸리는 시간이 아까웠지만 어쩔 수 없었다. 업이 그러하니까. 옷을 좌악 빼입고 인상도 나름 강렬하지만, 실제로 영업할 때는 인상과 걸맞지 않은 애교를 자주 부렸고 허당짓도 종종 한다. 그러면 손님이 그렇게 웃고 좋아할 수 없다. 갭에서 오는 허술함이 멋으로 치환되는 순간이다.

현장 저널리스트를 할 때는 움직이기 편한 옷을 선호했다. 셔츠는 당연히 통기성을 우선시했다. 워낙 뛰어다니다 보니 땀을 무진장 흘리기 때문이다. 위 주머니는 반드시 달려 있어야 한다. 후크 달린 수첩을 넣어두고 옷에 후크를 고정시킨다. 긴급 상황이 찾아오면 언제든 바로 뺄 수 있도록.

물론 인터뷰를 할 때는 정장을 입는다. 암흑세계의 인물을 만날 땐 검은색이다. 진지한 인터뷰는 베이지색 정장. 그러고 보니 이때 정장은 두 색 밖에 없었던 것 같다. 김태촌 인터뷰를 할 때 검은색 정장을 입고 갔는데, 내 옷을 보자마자 "우리 박 선생은 기자야? 깡패야?"라는 말을 했다. 좌중에 웃음이 터졌고 순식간에 분위기가 좋아져 이런저런 이야기를 끌어냈던 기억이 난다.

반면 위안소 출입증 관련 인터뷰 때는 베이지 정장을 입고 갔다.

그때 나왔던 구 일본군 군속 마쓰바라 씨도 우연찮게 베이지 정장을 입고 오셨다. 내가 "와! 선생님과 제 옷이 똑같네요."라며 인사하면서 가볍게 말을 걸었고, 줄곧 긴장하던 마쓰바라 씨도 굳은 표정을 풀었다.

지금은 '노가다'를 뛰고 있으니 패션이 매우 간략하다. 유니클로에서 대여섯 개씩 한꺼번에 구입한 색깔별 상하의를 요일별로 적당히 걸치고 나간다. 무엇보다 시간이 안 걸려서 너무 편하다.

반면 소도구에 신경을 쓰게 된다. 술집 할 때는 맨몸으로 다녔고, 기자일 때는 펜과 수첩 하나면 됐던지라 무척 편했다. 하지만 지금은 비상용 가방을 들고 다녀야 한다. 그 안에는 스케일(줄자), 커터, 펜치, 접착테이프, 조그마한 손 망치, 끌, 드라이버, 목장갑 두어 켤레 그리고 명함이 들어있다. 언제 어디서나 문제가 생겼을 때 간단하게라도 응급조치를 하기 위해서다.

참고로 명함이 필수적인데, 이건 경찰의 불심검문에 잡혔을 때를 대비해서다. 가방에 칼, 펜치, 드라이버, 손 망치가 들어있는데 공무점工務店 명함이 없다고 생각해 보라. 게다가 나는 외국인이다. 매우 귀찮은 상황이 발생한다. 그래서 이런 일을 미연에 방지하기 위해 공무점 명함이 반드시 필요하다.

실제로 불심검문을 당한 적이 꽤 된다. 동네가 한적해서 종종 자전거 도난 사건이 일어난다. 사복형사가 찾아와 사무실 문에 설치된 CCTV를 좀 볼 수 없겠냐는 부탁을 해 온 적도 있다. 이 동네로 이사 온 지 1년 5개월 밖에 안 지났는데 서너 번 정도 그런 협조 요청을 받았다. 결코 적은 빈도가 아니다. 전부 자전거 도난 사건이었다.

그 겨울날도 그랬다. 유니클로에서 산 스판덱스 점퍼를 걸치고 지하철 히비야센日比谷線 이리야 역으로 향하다가 불심검문에 걸렸다. 며칠 동안 집에 못 들어가 초췌하긴 했다.

영화 〈황해〉에 등장하는 면정학(김윤석 분) 필링이 났나 보다. 가방을 보자고 한다. 플래시를 들어 가방 속을 비춰보던 경찰이 갑자기 소스라치게 놀라더니, 그전까지의 친절한 존댓말은 싹 사라지고 "이거 뭐야? 왜 칼이 있어? 이 망치는 뭐고?"라며 진압봉이 걸려있는 허리춤으로 손을 옮긴다.

그럴 때면 아주 자연스럽게 "잠깐, 잠깐만요" 하고 명함을 건넨다. '주식회사 테츠야공무점'이라는 회사 이름이, 바로 밑에는 대표이사 사장이라 큼지막하게 적혀있는 비장의 문서. 이걸 보여주면 십중팔구 "아항! 공무점을 하시는군요."라며 원래의 존댓말로 물 흐르듯 돌아온다. 회사마저 가까우니 금방 위치를 안다.

"호텔 옆 그 건물이네요. 얼마 전에 새로 도색한 곳. 거기 사장이셨구나."

"아, 네. 열심히 하고 있습니다."

"반상회町内会 회람판은 기입하시나요?"

"네. 저한테 오면 기입해서 앞집 수도 가게에 건네줍니다."

"우메자와 씨 댁이요?"

"네. 우메자와설비, 맞아요."

다 알고 있다. 무서운 녀석들. 그제야 비로소 웃는다. 제복과 불심검문이 주는 딱딱한 이미지와의 갭을 풀어주는 상냥한 미소에 색다른 '멋'을 느낀다.

기자 생활할 때 불심검문에 대해 칼럼을 쓴 적이 있다. 시도 때도 없이 반말하는 일본 경찰 녀석들 저주받아라! 뭐 그런 뉘앙스의 칼럼이었다. 그때만 해도 그토록 짜증 나던 것들이 별거 아니더라. 어찌 보면 기자여서 그랬을 수도 있다. 알게 모르게 모든 것을 비판적으로 날 새워 바라봤다. 업이 그러하니 사람도 그리된다. 아마 그시절에 경찰의 이런 미소를 봤다면 날 비웃나 생각했을 것이다.


업은 이렇게 상황에 맞는 행동도 규정한다. 물론 전제는 있다. 모든 업에는 귀함과 천함이 없다. 다만 지금의 업에 종사하면서 자신의 일을 하찮게 여기는 사람, 혹은 다른 업으로 이동하기에 여념이 없는 태도는 그 업에 대한 예의가 아니다. 아니, 욕먹어 싸

이렇게 살아도 돼

다. 그 업이 어떤 것이든 일단 맡았다면, 그리고 주어진다면 전심 전력으로 최선을 다해야 한다. 이런 말 하면 꼰대로 취급받을 수 있으니 보충하자면, 대부분의 오해는 지금 당신이 속해있는 직장 혹은 조직을 업과 동일시할 때 발생한다.

업과 조직은 다르다. 조직이 만약 부조리의 늪에서 허우적거린다면 그 늪에서 건져낼 생각을 먼저 하는 것이 업을 대하는 진정한 자세다. 하지만 노력을 해도 안 된다면, 즉 내 업을 실현시킬 가망이 없는 조직이라고 판단될 때는 당연히 떠나야 한다. 이것 역시 업을 대하는 올바른 태도다. SNS, 특히 페이스북을 하다 보면 내 또래 혹은 바로 아래 세대들이 조직이나 회사 욕을 많이 한다. 하루에 최소 열 개는 보는 것 같다. 그런데, 음, 꼰대스러움을 피할 수 없겠지만 그거 너무 많이 하지 마라. 그 욕은, 역설적으로 당신이 지금의 조직에 너무 많이 기대고 있다는 뜻으로 받아들여지니까. 그냥 당신이 실현하고 싶은 업을 위해, 최선을 다해 조직을 이용한다고 생각해라. 그러면 마냥 욕하는 것이 아니라, 보다 효율적으로 조직을 이용할 아이디어를, 최선을 다해 짜낼 것이다. 이것이 당신의 업을 위해 더 건설적이다.
그리고 그 편이 언제나 더 '멋'있다.

# 기자업

알고 보면 숱한 직업을 전전했는데, 아직도 나를 '박 기자'라고 부르는 사람이 반은 된다. 지금은 솔직히 좀 쑥스러워 그렇게 불릴 때마다 "아이고, 내가 기자 관둔 지가 언젠데 아직도 그러냐?"라고 손사래를 친다.

그래서 솔직히 기자 시절에 대해선 별로 쓰고 싶지 않았다. 기자는 기사로 말을 해야 하기 때문이다. 지금 당장 책 읽기를 멈추고 스마트폰을 꺼내들어라. 내 이름 치고 스페이스 바 누르고 '기자'라고 치면, 좌르륵 내가 쓴 기사들이 나온다. 그거 읽어 보면 되지, 뭐 하러 기자 시절 이야기를 써야 하나라는 생각이 우선 들었다.

그런데 요즘 다들 알다시피 기자라는 '업'이 엄청난 비판을 받고 있다. 스마트폰을 아예 쓰지 않는, 연배가 지긋한 분들은 잘 모르시겠지만 스마트폰에 친숙한 세대들은 하루에 몇 십 번, 아니 몇 백 번은 '기레기'라는 표현을 접한다. 이쯤 되면 국어사전에 보통명사로 실려도 이상하지 않을 정도다. 동종업종에서 그래도 한 7-8년 월급을 받았고, 앞뒤 시기의 비정기적 투고까지 합하면 10년 가까이 기자업記者業에 종사한 나로선 그 말 자체에 화가 날 때도 있다. 그런데 반박을 잘 못한다. 진짜 일반 쓰레기만도 못한, 재활용이 아예 불가능한 방사능 산업폐기물 수준의 기사도 분명히 존재하기 때문이다.

이런 기사가 허구한 날 나오는 이유에 대한 논리 정연한 분석은

니코니코 동영상의 의뢰로 19대 대통령 선거 실황 라이브 중계
및 대선 분석을 더불어민주당 국제국에서 진행했다.

전문가들에게 맡기고 나는 그냥 내 이야기를 조금 써보고 싶다.

기자가 된 이유는 우연찮게 만들어졌다. 사회 정의의 실현이니 뭐 그런 건 하나도 없는 외부적 요인이었다. 원래 글쓰기를 좋아했고, 체계적인 훈련도 이미 받았다. 대학 4년간 전공했던 영화 연출은 알고 보면 시나리오 쓰는 게 절반이다. 물론 저널리즘의 형식에 맞는 글쓰기는 하나도 배운 바 없다. 하지만 그거나 이거나 글이라는 공통점은 있으니 뭐 별거 있나 싶었다. 딴지일보에, 몇몇 정치토론 사이트에, 오마이뉴스 시민기자로 정식 매체에 글을 썼는데, 다들 좋아하기에 아, 그냥 이렇게 쓰면 되는 건가 싶었다. 글의 소재가 허구냐, 팩트냐 차이만 있을 뿐이다.

그럼 간단하다. 사실 시나리오 쓸 때는 많은 취재가 필요하다. 디테일한 취재는 시나리오 작가가 아마 기자보다 더 많이 할 거다. 한국 영화 역사상 최고의 명작으로 꼽는 봉준호 감독의 〈살인의 추억〉만 하더라도 1년 이상 취재해서 나온 결과물이다. 디테일의 봉준호를 거론하는 건 너무하다고? 아니다. 시나리오 작가들, 그리고 영화감독들은 끊임없이 취재한다. 이명세 감독의 〈인정사정 볼 것 없다〉에 등장하는 강력계 형사들의 운동화가 취재의 결과물이다. 〈내부자들〉이 현실 세계에서 일어난다. 〈내부자들〉의

시나리오가 상상 속에서 창조됐다고 말하는 사람은 아무도 없다.

그래서 기자적<sup>的</sup> 글쓰기가 쉬웠다. 허구를 창조할 이유도, 상상력을 동원할 필요도 없으니 더 간단하다. 자타가 공인하는 특종도 종종 냈던 것 같다. 오마이뉴스 시절에는 모 정치인을 정치계에서 은퇴시킨 유재순 작가의 인터뷰를 했고, 8년간의 재판을 경험했다. 물론 나보다 더 고초를 겪은 당사자 유재순 작가가 있으니 대놓고 말은 안 하지만 사실 나도 꽤나 악몽이 시달렸다. 상대는 당시 권력자와 가장 가까운 위치에 있던 정치인이었고 자타가 공인하는 실세였다. 그런 사람이 내 이름을 정면으로 거론하면서 재판을 걸어왔으니 겉으로는 별거 아니라고 했지만 내면 깊숙한 어느곳에선 불안함이 존재했다.

아무튼 그 인연 때문에 나중에 유재순 작가가 일본 뉴스 전문사이트 제이피뉴스(www.jpnews.kr)를 만들었을 때 창립멤버로 들어가기도 했다. 당대 최고의 르포라이터가 신문사 대표이다 보니 정말 편했다. 어디 잠입해서 심층취재 같은 걸 한다고 하면 반대는커녕 신문사 경영도 풍족하지 않은데, 지갑에서 몇 만 엔씩 꺼내 주면서 "그래도 취재비는 있어야 한다"라며, 살아서(?) 돌아오라고 격려해 줬다. 또 내가 쓴 기사에 대해 어색한 문장 흐름 교정 정도나 해줬지, 기사의 내용이나 방향성을 거론하는 경우는 단 한 번도 없었다.

　제이피뉴스에 들어가기 전 오마이뉴스 일본판에 있었을 때도 그랬다. 그때 내 상사는 아오키 오사무青木理, 히라노 히데키, 시라이시 하지메, 그리고 모토키 마사히코였다. 모두 쟁쟁한 저널리스트들이다.

　교도통신共同通信 서울 특파원 출신이며 지금은 프리랜서 저널리스트 겸 문필가로『아베3대安倍三代』(아사히신문출판, 2017)라는 역작을 쓴 아오키 선배와는 틈나는 대로 술을 마셨다. 저널리스트의 기본인 "취재를 통해 처음 가졌던 선입견을 깨부숴야 한다"라는 필생의 지론을 가르쳐 준 분이다. 리버럴로 분류되면서도 프리 선언 이후 신新우익들과도 자주 교류했고, 나도 그런 자세에 영감을 받아 신우익 민족주의자들을 취재하고 그들의 토크 라이브를 영상으로 찍어 오마이뉴스 일본판 지면에 소개했다. 한 달에 한 번 신주쿠 가부키초의 '로프트 플러스 원LOFT/PLUS ONE'에서 열리는 토크 라이브는 그야말로 좌파 리버럴과 우파 민족주의, 그리고 중도파의 격렬한 토론이 오고 가는 배틀 필드였다. 신우익의 선두주자였던 잇스이카이一水会의 기무라 미쓰히로 대표와 아시아프레스의 노나카 아키히로 대표가 죽일 듯한 격론을 벌인 후, 마치 아무 일도 없었다는 듯 뒤풀이 자리에서 건배하는 모습이, 그때까지 좌우 진영논리에 구속되어 있던 나에게는 어찌 그리 신선하던지.

히라노 히데키 씨는 기사작성의 기본을 알려줬다. 니혼게이자이신문日本経済新聞의 산업부 캡에서 오마이뉴스로 터를 옮긴 그는 가장 오래 오마이뉴스 일본판에 몸담았고, 지금은 '에이렉스'라는 컨설팅 회사의 중역을 맡고 있다. 일본 네티즌들에게 가장 많은 욕을 먹은 사람 아닐까 싶다. 내가 직접 본 '히라노는 매국노'라는 댓글도 몇 백 개는 된다. 그래도 그의 멘탈은 강건했고, 언제나 변함없이 두꺼운 노트를 가지고 다니면서 틈틈이 메모했다. 일본어로 쓴 내 기사나 동영상이 조금이라도 편향적인 느낌이 들 때, 그 편향을 논리적으로 설득하여 수정할 수밖에 없도록 만드는 내공의 소유자였다.

시라이시 하지메 캡틴은 '아워 플래닛'이라는 비영리Non Profit Organization 영상 집단의 대표였다가 오마이뉴스에서 스카웃한 케이스였는데 처음 보자마자 서로 "어? 로프트 플러스 원!"이라고 외쳤다. 그녀 역시 토크 라이브를 영상으로 기록하기 위해 자주 그곳을 찾았다. 내게 동영상 작업을 6개월간 지도했고, 이후 다시 자기 작업을 위해 떠났다. 바람처럼 나타나 절세의 무공 비급을 전수하고 다시 돌아간 그는 지금도 변함없이 '아워 플래닛'의 대표직을 수행하면서 와세다, 메이지대학에 강의를 나간다. 그의 송별회 때 고작 매실주 몇 잔밖에 안 마셨는데 취해버린 나에게 "영상은 거짓말 안 하지만 알고 보면 거짓말투성이니까 결국 네가 도와주고 싶은 쪽을 찍으면 돼. 그도 저도 아니다 싶으면 아예 다루지 말고. 결국… 음, 그래, 네 맘대로 하는 거야."라는 명언을 남겼다. 지금 생각해 보면 지금 나의 스탠스, 그러니까 잘 모를 때는 아예 가만히 있자는 자세가 이때 확립된 것 같다.

　마지막으로 모토키 마사히코를 빼놓을 수 없다. 일본 주간지 업계의 전설적인 편집장으로 불리는 그 사람이다. 정말 매일같이 마셨다. 나를 무척이나 예뻐해 줬고, 내가 하는 모든 작업을 좋아했다. 회사가 기울어져 존립이 위태로워졌을 때, 나만 따로 불러 연예 리포터 고 나시모토 마사루를 소개해 주었다. 텔레비전에서 항상 보던 사람이 내 앞에 서있어 깜짝 놀라고 있는데, 모토키 씨는 평소처럼 낮고 음산한 목소리로 청탁했다.
　"회사가 좀 있으면 망하는데 이 친구가 아주 취재를 잘해. 나시모토와 딱 맞을 거 같아…… 그래서 하는 말인데 회사 망하면 이 친구 좀 데려가."
　"아니, 천하의 모토키가 그렇게 말할 정도면 나야 대환영이지, 껄껄껄."
　신기했다. 주간지의 전설이 연예 리포터의 전설에게, 외국인이자 이방인인 나를 두고 이런 이야기를 하는 것이 그렇게 비현실적

전설적인 주간지 편집장 모토키 마사히코가 주최하는
저널리즘 토론회에 패널로 참석하기도 했다.

일 수 없었다.

당시 오마이뉴스 일본판은 쓰러지기 일보 직전이었고 월급이
절반밖에 나오지 않았다. 이미 아이가 둘 있던 내게 그런 상황은
꽤나 힘들었다. 파치 프로 생활로 모아둔 돈은 동난 지 오래였고,
어떻게 살아야 하나 고민이 많을 때, 그는 나를 걱정했던 것이다.

이후 1년 정도 나시모토와 일을 하면서 꽤나 많은 특종을 잡아
냈다. 그 안에는 주간 사진잡지 〈프라이데이〉의 표지까지 장식한
미야자와 리에宮沢りえ 돌격 취재나 TV아사히朝日가 거금을 주고
사간 '모닝구 무스메'의 가고 아이加護亜依 단독 인터뷰도 있다.

즐거운 시간이었다. 계약직이라 보수는 그렇게 많지 않았지만

일본의, 특히 예능 현장은 정말 전투적으로 취재했다. 그가 병마 때문에 회사를 접지만 않았다면 아마 여전히 그와 함께 현장을 누비고 있을지 모른다는 생각도 간혹 한다.

어찌 되었건 햇수로 따지면 기자 생활을 그리 오래 하진 않았다. 하지만 선배 운도 좋고, 현장 취재가 당연하다는 풍토와 습관 속에 지내다 보니 간혹 한국에서 온 특파원들을 만나면 실소가 터져 나올 때가 한두 번이 아니었다.

그나마 진보지로 분류되는 한겨레, 경향신문, 그리고 방송언론으로 치자면 MBC와 SBS 특파원 선배들은 현장에서 종종 만났다. 그 현장도 한국과 관련 있는 현장이거나 사회적으로 엄청난 이슈가 되는 사건들이 대부분이었다. 다른 신문사 특파원은 만난 적이 거의 없다. 물론 취재현장이 달라 우연찮게 만나지 못했을 수도 있다. 그래도 이래저래 한 10년 정도 기자로 지냈고 한 달의 ⅓은 현장에 있었으니 최소 300번의 기회가 있었단 말인데, 고작 10번도 채 못 만났다는 게 지금도 불가사의할 따름이다.

좀 길어졌는데, 아무튼 나는 한국 언론이 이렇게 된 가장 큰 이유는 멘토의 부재라고 본다. 누가 봐도 데스크가 시켜서 내는, 기획의도가 빤히 보이는 기사들이 있다. 위에서 말했다. 선입관(기획의도)을 깨부수기 위해 취재라는 과정이 존재한다고. 기계적 중립을 과도하게 의식하는 기사가 있다. 이에 대해서도 말했다. 그냥 마음 가는 대로, 꼴리는 대로 쓰라고. 그게 더 확연하고 알기 쉽다.

이런 일 하려고 기자를 선택한 게 아닌데, 뭘 어찌해도 안 된다고 정말 진지하게 고민하는 이가 있다면 그냥 관둬라. 앞에서 말했듯 그 조직은 너의 업을 방해하는 기생충 같은 존재다. 그 기생충은 지금이야 별것 아닌 것 같아도, 시간이 흐르면 흐를수록 점점 그 영역을 확장시켜 종국엔 당신의 영혼과 육체를 파괴할 것이다. 세상엔 기자 말고도 할 수 있는 일이 매우 많고, 또 다른 일을 하면서도 충분히 당신이 좋아하는 글을 마음껏 쓸 수 있다.

그것이 당신에 대한 예의이기도 하다.

라디오 프로그램 '손석희의 시선집중' 일본 통신원 시절.
그런데 손석희 씨. 아니 손 사장님은 왜 늙지 않는 것인가.

# 집으로 가는
# 길1

"걸어온 거야?"

기자 생활을 관둔 건 아이들이 많이 태어났기 때문이었다.

약 10년간의 기자 생활을 통해, 주로 인터넷에서지만 약간의 허
명은 얻었다. 하지만 '인터넷'과 '허명'에서 알 수 있듯이 모니터
밖을 벗어나면 참혹한 일상이 기다리고 있다. 어느새 아이는 셋으
로 늘어나 있었다. 아내는 전업주부가 될 수밖에 없는 상황이다.
아이를 대신 키워줄 사람이 없다. 모아둔 저금은 이내 다 썼고, 박
봉의 군소 신문사 월급으로는 다섯 명이 생활할 수 있는 구조가
아니었다. 아무리 아끼고 절약해도 무리였다. 몇 년간 옷 하나 사
본 적이 없고, 약간 과장을 섞자면 우유 반 컵을 다섯이 나눠먹기

도 했다. 신문사 생활 마지막 두어 달은 하루 300엔으로 생활했다.

지금도 선연히 기억나는 2010년 2월 14일의 악몽 같은 기억이
있다. 세상 사람들은 밸런타인데이니 뭐니 해서 행복에 젖어 있을
시간이었다. 그날도 여느 날과 다름없이 마지막 전철을 타고 귀갓
길을 재촉했다. 다카다노바바高田馬場 역에서 전철을 타고 신주쿠
역에서 환승해 주오센 하치오지八王子 행에 몸을 싣는다. 마지막
열차라 모든 전철역에 다 선다. 나는 고쿠분지 역에서 내려야만
한다. 그런데 신주쿠 역에서 자리가 생겨버렸고, 웬 횡재인가 싶어
덜컥 앉은 것이 모든 불행의 시작이었다.

누가 내 어깨를 흔든다. 게슴츠레 눈을 떴다. 제복을 입은 남자
가 나를 깨우고 있었다. 입가의 침을 닦으며 정신을 차리려고 애
쓴다. 그러자 그 남자는 "손님, 종점입니다. 내리세요."라고 강압적
인 존댓말을 쓴다. 건성으로 고개를 끄덕거리며 카메라 가방과 배
낭을 주섬주섬 챙겨 플랫폼으로 내리는 순간 내 눈앞에 '하치오지
역八王子駅'라는 팻말이 대문짝만 하게 들어와 박힌다. 정신이 번쩍
든다. 매서운 겨울바람 때문에 더 그랬을 지도 모른다.

황급히 손목시계를 봤다. 심야 1시 40분. 빼도 박도 못한다. 혹
시나 하는 마음에 개찰구 역무원에게 전철이 있는지를 물었다. 창

너머 역무원은 마치 이런 경험을 수백 번 넘게 한 사람인 양 쳐다 보지도 않은 채 자기 일을 하면서 "첫 열차는 새벽 5시에 있습니다"라는 지극히 사무적인 어투로 답한다.

황급히 아내에게 전화를 걸었다. 늦은 시간이라 그런지 받지 않았다. 불과 해발 599미터짜리 다카오高尾산에서 불어오는 싸늘한 겨울 산바람이 살갗을 파고든다. 이날따라 배터리도 별로 없다. 전철 카드는 아무 소용 없다. 지갑에는 지폐 한 장 없다. 딸랑거리는 동전이 서너 개.

10분 후 아내로부터 전화가 걸려왔다. 잠에서 깬 목소리다.

"잠깐 잠들었어. 무슨 일이야?"

"큰일 났다. 지금 나 하치오지."

"뭐야? 종점까지 가버렸어?"

"응… 어떡하지?"

아내는 잠깐 숨을 고르더니 슬픈, 아니 체념한 목소리로 말한다.

"오빠 미안. 돈이 지금 하나도 없어. 카드 되는 택시를 타고 와도 내 카드는 한도를 다 써서 택시비를 낼 수 없을 거야. 기다렸다가 첫 전철 타고 오는 게 나을 것 같아."

"응, 알았어. 내가 알아서 할게!"

일부러 마지막은 활기차게 말했다. 하지만 전화를 끊고 나자 절

이렇게 살아도 돼

망감이 엄습해 온다. 동전 서너 개를 합산해보니 130엔이다. 나이 34살 남자가 수중에 130엔밖에 없다. 웃음이 나왔다. 다시 시계를 봤다. 2시를 가리키고 있다.

웬만하면 첫차를 기다리려 했지만 돈이 없으니 그것도 안 된다. 설상가상으로 하치오지 역 앞의 맥도날드는 24시간 영업도 아니었다. 근처 만킷사(マン喫茶, 24시간 영업하며 음료수와 음식을 파는 만화방)를 가고 싶어도 천 엔은 있어야 한다. 자본주의의 냉혹함을 온몸으로 맛본다. 돈이 없으면 정말 아무것도 안 되는구나. 어쩔 수 없다. 돈이 없으면 몸으로 때우는 수밖에. 걷기 시작했다.

위치정보 서비스 따위 있을 리 없다. 아니 있었다 하더라도 배터리 잔량이 5%뿐이었으니 도움이 되지 않았을 것이다.

미타카-신주쿠 도로 표지판을 보고 무작정 걸었다. 사람 하나 없는 어두운 길을 혼자서, 한겨울의 적막한 도하치東八 도로 옆 인도를 내내 걸었다. 한 시간을 넘게 걸어도 미타카-신주쿠 표지판만 계속 나온다. 히노日野 표지판 정도만 나와도 힘이 날 텐데.

몸에는 열기가 후끈거리는데 얼굴과 손은 차디찬 냉기에 고통받는다. 기자는 타이핑을 해야 하기 때문에 손이 생명이다. 이대로 계속 가다간 손이 얼어버릴 것 같다. 소형카메라밖에 안 들어있는 가방은 또 왜 이리 무거운지 모르겠다. 어깨가 부서지는 느낌이다.

그러길 두어 시간, 갑자기 다치가와立川 도로 표지판이 보였을 때 눈물이 왈칵 쏟아졌다. 기쁨의 눈물이었다. 물론 다치가와까진 더 걸어야 했지만 일단 다치가와에만 도착하면 구니다치国立, 니시 고쿠분지西国分寺, 그다음이 고쿠분지다. 역으로 세 정거장이니 한 10킬로미터 정도만 걸으면 된다. 히노 표지판이 왜 안 보였던 건 는지 모르겠지만 아무튼 용기가 샘솟고 휘파람이 절로 나왔다. 그리고 지독한 갈증이 밀려왔다.

자판기 앞을 지나치는데 조지아 에메랄드 블루마운틴 캔 커피가 나를 멈추게 한다. 120엔이다. 내가 가진 돈 130엔으로 살 수 있다. 이미 얼어붙어 반응하지 않는 손으로 주섬주섬 돈을 넣고 커피를 뽑았다. 집어 드는 순간 세상 행복했다. 아니 이 놀라운 따스함이라니. 얼었던 손가락 마디마디의 신경세포가 살아 돌아오는 충만함에 나도 모르게 "감사합니다"라고 내뱉었다. 물론 당장 마시지 않았다. 그 따스한 온기를 마지막 1그램까지 모조리 다 받아들일 생각이었다. 그 기운이 전부 나에게 넘어왔다고 판단했을 때 목을 축이면 된다. 손과 달리 목은 차가운 자극을 필요로 했으니까 말이다. 그렇게 한 모금 마신 그것은, 마치 군 복무 시절 100킬로미터 행군 도중 휴식시간에 몰래 마셨던 포천 계곡의 폭포수를 떠올리게 했다. 세상의 온갖 잡념과 괴로움이 사라지는 천국의 맛이다.

그렇게 걷고 또 걷자 눈에 익은 동네 지명들이 보이기 시작했다. 한참 예전에 아내와 데이트를 했던 공원과 산책로의 여명이 이랬구나. 새삼스러운 발견에 놀라워한다. 배터리는 이미 꺼져버려 아내로부터 전화가 걸려왔는지 안 왔는지도 모른다. 집에 도착하니 아침 6시 30분. 정확하게 4시간 30분 동안 걸었다. 초인종을 누르자 아내는 한달음에 달려 나왔다.

"첫 차 타고 온 거야? 아! 걸어왔구나…"

"어? 어떻게 알아?"

"거울 봐봐."

현관 옆의 전신 거울로 고개를 돌렸다. 웬 거지가 서 있다. 아이들이 "아빠!"하며 방안에서 달려 나오다가 내 앞에서 갑자기 멈춘다. 그리고 코를 싸맨다.

"으… 아빠 냄새나. 땀 냄새."

"아빠 당장 씻어. 더러워……."


아내는 어느새 욕조의 물을 받아놨다. 따뜻한 온수에 몸을 담그니 이런 천국이 없다. 몇 시간 동안 지속된 '집으로 가는 길'의 고통이 눈 녹듯 사라진다. 노곤함이 밀려와 잠시 눈을 감는데 큰 아이 미우와 작은 아이 유나가 나를 부른다. 빨리 나오라며 재촉을 한다. 대강 몸을 헹구고 나가자 거실 식탁에 자그마한 초콜릿 케이크가 놓여 있다.

"아빠, 밸런타인데이이니까 아침은 초콜릿 케이크 먹어. 우리가 만든 거야."

이제 고작 다섯 살, 세 살짜리가 만든 초콜릿 케이크니 모양새는 엉망이지만 눈물이 쏟아져 나올 뻔했다. 불과 몇 시간 전, 그 가혹했던 혹한기 훈련의 고통이 단숨에 사라진다. 태어난 지 얼마 안 된 막내 준을 안고 소파에 앉아 수유를 하던 아내가 웃는다.

가난했지만 가난하지 않았다. 하지만 이 아이들을 키우려면 돈을 벌어야 한다. 나 좋다고 기자를 계속할 수 없었다. 글은 언제라도 쓸 수 있다. 처음 기자가 된 것도 기자가 되고 싶어 택한 게 아니었다. 상황이 닥쳐온 것이었고, 여느 때와 다름없이 주어진 상황에 최선을 다했을 뿐이었다.

하지만 2010년의 상황은 초콜릿 케이크를 만들어 주는 아이들과, 그리고 미리 알아서 목욕물을 받아놓은 아내였다. 이 상황에 충실해야겠다고 결심했다. 이 결심이 몇 개월에 걸친 실업자 신세를 가져오긴 했지만, 결과적으로 그때보단 훨씬 안정된 삶을 이끌어 가는 계기가 되었다.

결과론적인 이야기가 되겠지만, 그날 만약 내가 종점에서 내리지 않았다면, 지갑에 돈이 만 엔이라도 있었다면, 아니 아내 카드 한도가 만약 남아 있어서 "택시라도 타고 와. 집에 도착하면 카드로 계산하면 되지." 하고 혹시 잠결에 말했다면 별거 아닌 해프닝으로 치부했을지도 모른다. 가족이야 어떻게든 살아갈 것이니 나는 기사나 열심히 쓰지 뭐, 하고 가볍게 생각했을 것이다.

하지만 다음날 이들을 위해 살아야겠다는, 물론 다른 이들이 보기엔 소소해 보일지 모르겠지만, 계기가 존재했기에 과감히 전직을 결심할 수 있었다.

요즘엔 자신을 위해 사는 삶, 즐기는 인생이 각광받고 있는 듯하다. 사실 이 말을 별로 좋아하지 않는다. 아니, 현실적으로 이게 가능한 소린가 고개를 갸웃거린다. 백보 양보해서 독신은 그럴 수 있다. 하지만 아직 어린아이가 있고, 아내가 있는 나 같은 처지에게 이 말처럼 허무하게 들리는 소리가 없다.

단순하게 생각해서 내 마음대로 인생을 살아버리면, 그래도 돈이 생긴다면 좋겠지만 만약 그렇지 않다면(대부분은 이럴 것이다) 애들은 살아갈 수가 없다. 가장이란 존재는, 그것이 아버지가 되었든, 어머니가 되었든 먹고살기 위해, 아이들을 키우기 위해 최선의 노력을 다하는 역할을 맡아야 한다. 그것이 무슨 일이든지 말이다.

이 단순한 진리를 아무리 현란한 레토릭과 수사로 치장해봐야 만고 의미 없다. 뭐든 해야 한다. 최선을 다해야 살아갈 수 있는 법이다. 부모님 세대도 그렇게 우리 세대를 키웠고 우리 세대 역시 다음 세대를 그런 식으로 키워야만 한다. 아무리 세상이 변한들 이것만큼은 확고한 진리라고 생각한다.

기자였다가 음식점 점장이었다가 술집 주인을 했다가 다시 인테리어 공무점을 하는 걸 보고 예전의 내 모습을 기억하는 사람들은 간혹 "아니, 박 기자가 왜 막노동을 하고, 술집을 해야 하는 건지 도통 이해가 안 된다"라고 말하기도 하지만, 답은 뻔하다. 살기 위해 하는 거다. 네 명의 아이와 아내를 먹여 살리기 위해 하는 거다. 뻔한 대답을 반복하는 것도 지겨워서 요즘엔 그런 말을 들어도 그냥 웃고 넘어가지만 말이다.

고가네이 간판이 보였을 때 쏟아져 나왔던
기쁨의 눈물을 지금도 잊지 못한다.

# 레츠야
# 마스터

"술집요? 뭐 한 번 해보죠."

도쿄 최고의 환락가라고는 할 수 없지만 그래도 몇 손가락 안에 들어가는 중심지 우에노上野 나카마치도오리仲町通り에서 바Bar 마스터를 2012년부터 2016년까지 약 5년간 했다.

처음에는 별것 아닌 이유로 시작했다. 우여곡절 끝에 들어간 회사가 부동산업을 하는 곳이었는데, 회사가 보유한 건물 중 아무리 적극적으로 모집해도 임차인이 들어오지 않는 곳이 있었다.

몬자야키라 불리는 일본식 전을 전문으로 하는 가게였는데, 재일교포였던 사장이 경영상의 문제로 가게를 접은 것이다. 이 가게가 나간 후 1년이 지나도 아무도 들어오지 않았다.

2011년 동일본 대지진의 영향도 있었을 것이다. 대지진의 여파로 2011년과 2012년 초반까지는 유흥 및 외식을 자제하는 분위기가 조성돼 누가 장사를 해도 잘 된다는 보장이 없었다.

임차인 입장에서는 쉽사리 가게를 열 수 없었다. 그도 그럴 것이 보통 6개월 치 보증금에 월세는 선불, 월세 1개월 치를 중개료로 내야 한다. 게다가 가게 리모델링에도 최소 평당 20만 엔은 든다. 비어있던 가게는 12평이었고 임대료는 30만 엔이다. 즉, 이 가게에 들어오는 사람은 30만 엔×8개월 치 240만 엔과 리모델링 비용 240만 엔, '최소' 480만 엔은 투자를 해야 한다. 그것도 잘될지 안 될지 확신할 수 없는 상황이다.

그렇게 하염없이 시간이 흘렀다. 1년쯤 지났을 때 보스가 "마냥 저렇게 비워두기 아까우니 네가 술집을 한번 해보는 게 어떻겠냐? 만날 다른 가게에서 접대하는 거보다 낫잖아."라고 제안해 왔다.

당시 우리 회사는 매매를 주로 했고, 중개인을 거치지 않는 직거래를 선호했다. 일본은 중개인에게 주는 중개료가 매매가의 3%에 달한다. 가령 1억 엔짜리 건물을 사고팔면 300만 엔, 한국 돈으로 3,000만 원을 중개료로 지불해야 한다. 이럴 바에야 건물주와 직접 거래를 하는 게 훨씬 낫다.

물론 직거래는 위험부담이 커 일반인들은 거의 못한다고 보면 된다. 하지만 인맥을 위주로 20여 건 이상 사고판 경험이 있는 우리들에겐 직거래가 훨씬 편하다.

　직거래 방법도 간단하다. 일단 물건 정보가 들어오면 등기부등본을 뗀다. 등본에 현 소유주의 주소와 이름이 적혀있다. 소유주가 법인일 경우, 인터넷으로 검색하면 십중팔구 연락처가 뜬다. 그 연락처로 전화해서 "지금 그쪽이 소유하고 있는 어느 물건에 관심이 있는데, 중개인을 거치면 그쪽도 우리도 수수료 3%가 아까우니 직접 만나서 거래하면 어떻겠냐?"라고 던져보는 거다. 보통 일본인들은 생각하기 힘든 방식이다. 일본인, 혹은 일본 사회는 부동산은 무조건 중개회사를 거쳐야 한다는 습관이 자리 잡고 있다.

　이런 전화를 받으면 처음에는 보통 당혹스러워한다. 하지만 이내 관심을 보인다. 3%에 달하는 돈을 절약할 수 있으니 어찌 보면 당연하다. 얼핏 들으면 3%가 별거 아닌 것 같지만 10억 엔 단위 금액이 오가야 한다면 이야기가 전혀 달라진다.

　아무튼 그렇게 매도자와 연락이 되면 만나서 접대를 해야 한다. 이상하게 들릴지 모르겠지만 매도자가 갑이고, 매수자가 을이다. 건물을 소유하고 있는 법인 대표에게 "아이고, 회장님. 실제로 뵙게 되어 영광입니다." 같은, 삼류 영화에서나 나올 대사를 읊조리

며 야키니꾸(불고기) 집에서 1차를 하고, 2차로 보통 크라브クラブ에 간다.

아, 오해는 하지 않았으면 한다. 어떻게 표현해야 할지 애매하지만, 크라브는 한국의 룸살롱이나 단란 주점과는 분위기가 전혀 다르다. 테이블은 오픈되어 있고, 호스티스가 옆에 앉아 술은 따라주지만 음침한 분위기는 전혀 없다. 고급 사교장 같은 느낌이라 위스키를 마시고 노래 몇 곡 부르면서 갑의 기분을 좋게 해준다. 술값은 물론 을인 내가 계산한다.

이런 접대를 하는 목적은 당연히 해당 부동산을 사기 위해서다. 직거래에 대한 불안함과 경계심을 없애고 우리가 신용할 수 있는 사람이라는 믿음을 준다. 물론 우리도 마찬가지다. 같이 밥을 먹고 술을 마시면서 이분이 소유한 부동산에 문제가 있는 건 아닌지 요리조리 따져본다.


접대의 효과는 매우 강렬한데, 2억 1,000만 엔짜리 물건을 2억 300만 엔에 산 적도 있다. 처음에는 절대 안 깎아주겠다는 태도라 한 열 번 넘게 만났다. 만날 때마다 술값을 꽤 썼는데 그때마다 100만 엔씩 깎아준다. 기분이 좋아서 깎아준단다. 술값 10만 엔으로 100만 엔씩 깎으니 이런 장사가 어디 있나? 그런 경험이 꽤 많다. 어렴풋이 느꼈다. 성공한 분들은 그냥 외롭구나, 환갑 넘은 분들이 당시 30대였던 나와 저녁에 만나, 처음 만남의 계기는 비록 부동산이었지만, 나이를 뛰어넘어 지금은 자기 곁을 떠나 독립한 자식을 바라보는 심정으로 나를 접한다는 느낌을 상당히 많이 받았다. 특히 재일 동포 2세 회장들은 더 그런 것 같았다.

대화의 소재도 부동산 얘기는 어디론가 사라지고, 한국 정치나 남북 관계부터 한류드라마, 영화 등으로 점점 범위를 넓혀갔다. 한때 저널리스트였고, 대학 전공이 딴따라였던지라 다양한 대화를 나눌 수 있는 나 같은 존재가 그들에게는 꽤 재미있었던 모양이다. 지금도 이때 알게 된 분들을 종종 만난다.

그런데 당시의 문제는 이런 거래처들이 하나 둘 늘어나다 보니 내가 도저히 혼자서 커버할 수 없었다. 혹자는 사람을 더 뽑으면 되지 않나 하는데, 단순히 부동산 이야기만 하는 게 아니라, 뭐랄까, 보스의 표현을 빌리자면 이랬다.

"넌 캐릭터가 독보적이라 다른 놈이 대신할 수가 없어."

그래서 생각해 낸 것이 가게였다. 보스는 "어차피 비어 있겠다. 네가 아예 가게를 내면 너 보러 사람들이 올 거 아니냐. 그럼 그냥 가겠냐? 당연히 술값을 내고 갈 테고, 일 이야기도 할 수 있고, 일석이조다!"라고 말했고, 나도 "오! 좋은 생각이네요. 별것 있겠습니까? 한번 해 보죠."라며 동의했다.

금세 뚝딱뚝딱 가게를 만들었다. 1급 건축사에 부동산 직거래를 몇 번 한 바 있는 재일 동포 회장은 공사현장을 몇 번이고 찾아와 디자인 도면을 그려줬고, 심지어 손수 의자를 조립하기까지 했다. 어떤 일본인 사장은 현장을 지나갈 때마다 온갖 음료수와 아이스크림을 박스째 사다 줬다.

가게 이름은 아무 생각 없이 테츠야テッヤ로 정했는데, 나중에 생각해보니 이 이름은 중의적으로 해석이 가능했다. 철야徹夜라는 뜻도 되고, '테츠의 집'이라는 의미도 있었다. '테츠'는 내 일본 닉네임이었으니 테츠의 집에서 철야하며 놀자, 뭐 그런 뜻이 되는 셈이다.

처음부터 접대용 아지트로 만든 거라 메뉴도 없고 생각하기도 귀찮아서 그냥 "2시간에 무조건 3천 엔, 음료는 술까지 포함해서 무제한, 안주는 마스터가 해주는 것만 먹기, 술, 안주를 손님이 알아서 가져다 먹는 것도 대환영!"이란 글을 입구에 걸어놨는데, 이게 대히트를 쳤다. 계속 만석이었다. 직원도 없이 혼자 운영하려니 정신이 없었다. 그래서 바에 앉는 개별 손님들만 내가 상대하고 나머지 단체로 온 팀은 적당히 홀 아무 데나 앉아서 마시라고 했고 술이나 안주가 떨어지면 바로 와서 내게 말하라고 시켰다.

점원이 찾아가는 게 아니라 손님이 찾아와야 하는 시스템에 그들도 처음엔 어리둥절했지만 나중엔 다들 웃으면서 "야, 여기 골

때린다. 정말 재밌어."라며 자주 찾아왔다.

그리고 심야가 되면 그동안 우에노 일대에서 접대하느라 찾아 갔던 크라브 아가씨와 마마들도 손님을 데려와 매상에 공헌했다. 그동안 숱하게 뿌린 접대비가 열매가 되어 돌아온 셈이다.

이렇게 화제가 되다 보니 야쿠자도 찾아왔다. 미카지메료 みかじ め料를 받기 위해서다. 미카지메료란 일종의 보호비, 상납금이다. 우리가 당신네 가게를 보호해줄 테니 매월 정기적으로 얼마간의 돈을 내라는 것이다. 보통 한 달에 3-5만 엔을 가져간다.

당시 우에노 일대 밤의 세계는 야마구치구미 山口組의 산하 조직 인 고쿠스이카이 国粋会의 지배하에 있었다.

이 시기에는 폭대법 暴對法이라는 폭력단 대책법이 실시되고 있 었다. 야쿠자가 가게에 찾아왔다가도 전화기를 드는 시늉만 하면 알아서 꽁무니를 뺀다는 말까지 있었지만, 그런 정공법이 마냥 통 할 거라 보장할 수 없다는 분위기도 있었다.

그냥 내고 퉁 칠까.

그런데 이 '히데'라는 야쿠자가 나타난 건 하필 어떤 재일 동포 회장이 가게를 찾았을 때였다. 아마 2012년 늦여름 저녁 7시쯤이 었을 거다. 재일 동포 회장과 저녁을 먹고 가게로 왔다. 그가 좋아하는 조니워커 블루로 막 잔을 채웠을 때 문이 벌컥 열렸고, 두 명의 청년이 나타났다. 반팔 티셔츠 아래 커다란 호랑이 꼬리로 보이는 문신이 새겨져 있다. 그중 하나가 칸사이関西지방 사투리로 내뱉는다.

"너 오픈한 지 얼마 안 됐지? 우리가 누군지 알아?"

누가 봐도 야쿠자다. 게다가 뒤에 서 있는 '히데'는 이 거리에서 자주 본 사람이다. 아, 저 사람한테 삐끼들이 늘 인사를 하더니만 역시 그쪽 세계 사람이었구나.

"아이고 잘 알죠. 어서 오세요. 이리 앉으십시오."

순진하게도 술 마시러 온 손님인 줄 알고 자리를 안내하는데, 내 앞에 앉아있던 재일 동포 회장이 "야, 인마. 미카지메료 받으러 온 거잖아, 푸하하." 하며 큰 소리로 웃는다. 그러자 처음 문을 박찼던, 우리가 누군지 아냐던 신참 야쿠자가 "뭐야? 이 새끼가!" 하면서 이쪽으로 성큼 다가온다.

순간, 뒤에 서 있던 '히데'가 그를 제지하더니 옷매무새를 단정히 가다듬었다.

"저 녀석이 아직 고베에서 올라온 지 얼마 안 됩니다. 죄송하게 됐습니다."

"고쿠스이카이?"

"네. 저희 큰형님이 고쿠스이카이 보스와 사카즈키(盃, 야쿠자들이 의형제를 맺을 때 나누는 술잔)를 나눴습니다."

"그럼 노토구미(組)?"

"네. 그렇습니다."

"노토 회장은 잘 지내는가?"

"최근에는 외부 활동을 거의 하지 않지만, 잘 지내십니다."

"아, 폭대법 때문이지. 너희도 조심하는 게 좋아. 앉아서 한잔씩 들 해라."

영화에서나 보던 전개에 당황하면서도 언더락 글라스 잔을 꺼내 '히데'에게 한잔 따랐다. 잔을 받는 그의 왼손에는 약지가 없다. 아, 진짜배기 야쿠자구나. 겉으론 태연한 척했지만 다리가 후들거렸다. 재일 동포 회장은 입구에 어정쩡하게 서 있는 신참 야쿠자도 불렀다.

"어이! 고베. 너도 와서 한잔해."

고베는 어찌하면 좋을지 모르겠다는 듯 여전히 어정쩡하게 서 있다. '히데'가 다시 부른다.

"야!"

"네! 알겠습니다!!"

부리나케 달려온다. 그에게도 술 한 잔을 따랐다. 셋, 아니 나까지 포함해서 넷이 잔을 비운 후 회장이 말한다.

"여긴 놔둬라. 너희들도 요즘 같은 세상에 공공연하게 미카지메 료를 받겠다고 돌아다니간 큰일 난다."

"단속이 많아서 사실 힘들긴 합니다."

"그래. 알아서 잘 하겠지만 여긴 손님으로만 와. 내 앞으로 달아 놔도 되니까."

"아닙니다. 실례했습니다."

둘은 잔을 비우자 자리에서 일어나 깍듯하게 인사했다.

"잘 마셨습니다. 저희는 이만 물러나겠습니다."

"그래. 노토 회장한테 안부 전하고."

"네. 알겠습니다. 조만간 찾아뵙겠습니다."

"야 야, 우리 회사에 야쿠자 오면 안 돼, 껄껄껄."

그들이 사라진 후 안도의 한숨을 길게 내쉬는 나에게 그는 "뭐 야? 쫄았냐?"라며 또 장난을 친다. 진지하게 예전에 무슨 일을 하 셨기에 저런 야쿠자들이 회장님한테 깍듯한 거냐고 물었다.

"비밀. 너한텐 안 알려줘."


훗날 히데가 손님으로 가게를 찾았을 때 다 알게 됐다.

야쿠자 경력이 20년에 달하는 히데는 우에노, 아사쿠사浅草, 미 카와시마三河島, 닛뽀리日暮里에 이르는 다이토台東구, 아라카와荒川 구 폭력단의 역사에 대해 일장연설을 늘어놨는데, 우리 가게에 얽

힌 엑기스만 간추리면 다음과 같다.

아사쿠사와 우에노는 전후戰後 재일 동포들이 점거한 지역이었다. 공공연하게 차별을 받았던 이들은 폭력단을 결성하는 경우도 많았다. 그래서 한국 국적, 조선 국적(북한 국적으로 통칭하지만, 조선 국적이 맞다)인 사람들이 하는 음식점이나 유흥업소는 건드리지 않는 불문율이 존재한다.

하지만 폭대법으로 수입이 크게 줄어든 조직들은 어쩔 수 없이 이런 가게들도 찾아가고 있다. 그런데 재일 동포 회장은 아사쿠사의 전설적인 재일 동포 야쿠자 가야마 삼 형제와 매우 친하고, 또 사채업으로 일가를 이룬 사람이라 웬만한 경력의 야쿠자들은 그를 다 알고 있단다. 자기가 속해있는 노토구미의 보스와도 젊은 시절부터 교류를 나누고 있어 바로 알아보고 인사를 드린 것이라고 한다.

어쨌든 그런 이유로 '테츠야'는 아무 거리낌 없이 순조롭게 장사를 할 수 있었다. 온갖 업종의 손님들로 가게는 항상 만석이었고, 우연찮은 뒷배경이 생겨 야쿠자의 간섭도 없었다.

지금도 간혹 그때의 나를 아는 사람들은 "아니, 그 무시무시한 거리에서 어떻게 혼자 장사를 할 수 있었냐?"라는 질문을 해 오는

멀쩡하게 차려입고 개점한다.

그리고 이내 술기운에 기분이 좋아진다.
오른쪽은 영화 찍으시는 김상수 감독님,
가운데는 주오가쿠인대학 이헌모 교수님.

데, 솔직히 지금 돌이켜 보면 말도 안 되는 일이다. 친구들이 간혹 일본을 찾아오면 가볍게 1차를 하고 2차로 우에노 거리에 갈 때가 있다. 그러면 필연적으로 밤거리의 그들과 만나 반갑게 인사를 나눈다. 나에겐 매우 자연스러운, 일상적인 반가움의 표출이지만, 그 모습을 지켜보고 한국으로 돌아간 친구들은 그들의 SNS에 "와, 이번에 테츠 님 하고 우에노 환락가 한복판을 걷는데 진짜 하나도 안 무섭더라"라고 과장되게 표현하기도 한다. 그런 글을 보면 평범한 사람과는 다른 인생을 살았다는 생각도 든다.

하지만 나에게 있어 술집 마스터 일 역시 그간 해 왔던 일들과 별로 다를 바가 없었다. 우연찮게 시작한 일이라 할지라도 그 안에서 내가 할 수 있는 최선을 다했다(물론 귀찮아서 그랬던 것도 있지만). 그 최선의 결과물은 의외로 인테리어 사업을 시작하면서 빛을 발하게 된다.

# 춘몽
(春夢)

"사토 가즈야? 음… 잠시만."

몇 년간 매일 같이 수십 명의 손님을 혼자 처리하다 보면 별의
별 손님들을 만난다. 타고난 기억력 덕에 수백, 수천 명에 달하는
그들을 거의 기억한다.

초창기에 몇 번 가게를 찾았다가 외국으로 전근 가는 바람에 연
락이 끊긴 손님을 지하철역에서 우연찮게 만났다. 종합상사, 한국
으로 치면 대기업에 다니는 이였다. 내가 그를 보자마자 "어! 나카
지마 상 아닌가요? 정말 오랜만입니다. 저 기억나요?"라고 말하자,
그는 일본인 특유의 곤란해하면서도 아는 척을 해야 하나, 고민하
는 망설임을 보였다.

"우에노 '테츠야'의 마스터예요. 기억 안 나요?"

"아! 아니, 근데 왜 이렇게 살이 쪘……, 아, 아닙니다. 그나저나 너무 반갑네요!"

실은 이런 경우가 지금도 꽤 많다. 지금 하고 있는 인테리어 회사가 우에노와 가까운 이리야人谷라서 거래처와는 우에노에서 만날 수밖에 없다. 이리야에는 변변한 식당조차 없기 때문이다. 게다가 예전 가게 손님들 역시 원래 우에노에서 자주 마시던 사람들이다. 안 보려 한들 안 볼 수가 없다.

그런 손님들 중에 단연코 기억에 남는, 불가사의한 이를 꼽자면, 사토 가즈야다. 2012년 가게를 오픈할 때부터 폐점할 때까지 사토는 소문난 단골이었다. 일주일에 두어 번은 꼭 가게를 찾았다.

그러던 그가 한때 몇 개월 동안 얼굴을 비추지 않았다. 2016년 봄 언저리였다. 걱정하고 있었는데 어느 날 갑자기 나타나더니 "한동안 귀가 안 들려서 고생했는데, 이제 거의 다 들린다"라며 함박웃음을 짓는다. 이비인후과 담당의한테도 거의 다 나았으니 술을 마셔도 된다는 허가가 떨어졌다고 한다. 귀가 중요한 역할을 하는 사토 가즈야는 "이제 겨우 일에 복귀할 수 있게 됐다"라고 환하게 웃었다. 그리고 앞에 놓인 위스키를 말끔히 털어 넣었다.

수제 스피커를 만드는 조그만 공방에 근무하는 그는 당시 34살이었지만 월급은 23만 엔밖에 못 받는다고 했다. 급료를 포함한 돈에 관한 이야기는 매우 사적인 것이라 일본 사회에선 일반적으로 금기시된다. 그런 이야기까지 나눌 정도면 사토와 나는 그만큼 친한 사이라는 소리다. 그는 세세하게 "그런데, 세금까지 떼면 수중에 떨어지는 샐러리는 20만 엔 조금 넘어요"라고 말한다. 34살에 20만 엔이면 생활하기 꽤 힘들 것 같은데, 그는 충분하다고 했다.

"소리를 듣는 건 정말 매력적이거든요. 특히 저음. 대부분의 보통 사람들은 절대 모르는, 그런 미묘한 잡음을 캐치해서 엔지니어들에게 알려줘요. 미세한 부분은 초감각적 영역이라 그분들도 감각으로 작업하세요. 테스트가 안 되는 거죠. 그럼 한동안 같이 살아요. 그들이 고치면 내가 듣고 다시 고치고 또 듣고……. 그러다가 어느 날 갑자기 잡음이 사라지는 거예요. 그때 기분은 아무도 모를걸요. 하하하."

그의 말에 고개를 끄덕였다. 나 역시 그의 건의를 받아들여 가게 스피커를 전부 BOSE로 바꾼 경험이 있어서다. 사토 가즈야는 처음 우리 가게에 영업하러 왔었다. 아키하바라에서 40년간 오디오

장사를 해온 유한회사 고이즈미무선コイズミ無線의 직원인 그는, 자기네들이 만든 스피커를 침 튀기며 홍보했다. 조잡한 팸플릿을 들고 땀을 뻘뻘 흘리는 그의 정성이 갸륵해 고이즈미무선의 수제 스피커를 넣어볼까 진지하게 고민했지만 세 번째 만남에서 불발로 끝났다. 가격이 맞지 않아서다.

보통 영업맨이라면 그러냐며 어깨를 축 늘어뜨리고 발길을 돌려야 맞는데 그는 "그러면 가라오케 리스 회사한테 말해서 이 보급형 범용 스피커라도 BOSE로 바꿔달라고 말하세요. 이건 너무 싼 티 나는 소리라 도저히 못 듣겠어요"라고 울 듯한 표정으로 말한다. 하긴 소리에 젬병이었던 나도 그와 두서너 번 만나면서 사운드의 가치에 대해 조금은 알게 됐다. 그리고 기존 스피커의 탱탱거리는 톤이 확실히 가볍게 느껴졌다. 그의 간곡한 청을 받아들여 리스회사에 금액을 조금 더 얹어주고 BOSE로 바꾸었는데, 설치하고 보니 그의 말이 맞았다. 다시 귀가 열리는 기분이 들 정도로 가라오케 음질이 좋아졌다. 아니, 차원이 다르다. 사람들이 왜 BOSE를 최고로 치는지 그제야 알게 됐다.

그 뒤로 사토 가즈야는 앞에서 언급했듯, 가게 오픈과 더불어 단골이 됐다. 버본 위스키 포 로제즈Four Roses 한 병을 키핑해 놓고

이렇게 살아도 돼

일주일에 두어 번씩 찾아와 한두 잔씩 마시고 아무도 기다리지 않는 원룸으로 돌아갔다. 그는 간혹 '사이고노아메(最後の雨, 마지막 비)'나 '에이코노카케하시(栄光の架け橋, 영광의 가교)'를 한두 곡 뽑기도 했다. 귀가 좋은 덕분인지 노래도 곧잘 불렀다. 항상 85점 이상은 나왔으니까. 가게에 들어와 자리에 착석하면 무엇을 얼마나 마시든 무조건 1인당 3천 엔씩 받는 게 테츠야의 룰이었지만, 그의 주머니 사정과 주량을 잘 알고 있는지라 그에게만 특별히 천 엔을 받았다. 그래서 더 자주 왔는지도 모른다.

그는 오카야마 현 출신인데 집안이 가난했고 공부에도 뜻이 없어 대학은 안 갔다. 고등학교를 졸업하고 도쿄에 상경, 체인점 아르바이트나 공사판을 전전하다가 거기서 알게 된 사람 소개로 고이즈미무선에 취직했다. 벌써 10년 차라고 한다. 10년 차에 23만 엔은 너무 싸게 부려먹는 것 같다.

하지만 이런 이야기를 하면 그는 꼭 "괜찮아요. 정말 괜찮다니까요"라고 사람 좋은 미소를 띠었다.

여자에도 관심이 없었다. 34살 독신인데 혹시 게이인가, 아니 숫 총각 아닌가 생각할 정도로 행색이나 말에서도 연애의 향기가 느껴지지 않는다. 간혹 혼자 온 여자 손님을 소개하고 전화번호도 교환하게끔 중간에서 다리를 놓기도 했다. 엄밀히 말하자면 이런 일도 마스터의 임무이긴 하다. 나중에 들어보면 따로 데이트를 한 두 번 했다지만, 그걸로 끝. 연애 감정으로 발전한 적은 한 번도 없었다. 아쉽지만 말이다.

그렇게 우리 가게에 몇 년을 들락거린 사토 가즈야였지만 2016년 겨울, 가게를 접은 후 연락이 끊겼다. 가게가 사라진 게 아니라, 알던 동생들에게 넘겼기 때문에 내가 없더라도 내 가게라 생각하고 그냥 다니라고, 돈은 다 말해놨으니 지금까지 해왔던 식으로 1,000엔만 내면 된다고 했는데 한두 번 얼굴을 내민 후 발길을 끊었다.

하긴 처음부터, 물론 위스키 한두 잔과 노래 한두 곡 정도를 했지만, 돌이켜 보면 가게에서 머문 시간의 태반은 나와 대화하는 데 쓰였다. 그런 손님이 한둘도 아니고 어딘가에서 잘 살면 되는 거지, 연락이 끊어진 그는 그렇게 잊혀 갔다.

1년이 지났다. 그러니까 2017년 겨울이었다. 인테리어 공사에 필요한 물건을 사러 아키하바라에 갔다. 기존 형광등을 LED로 교체하는 공사의 수주를 받아 몇 백 개에 달하는 물건을 공급해 줄 수 있는 업체 몇 곳과 미팅을 하기 위해서였다. 회의는 순조롭게 잘 끝나고 시간이 남아 아키하바라 요도바시카메라(ヨドバシカメ

ラ, 유명 체인 양판점) 앞 길거리 흡연장소에서 담배를 꺼내 물다가 갑자기 이 친구가 생각났다. 그의 핸드폰 번호로 전화를 걸었지만 '없는 번호'라는 안내 목소리가 들려온다. 하지만 내 핸드폰에 저장된 그의 이름 옆에 회사 이름 즉, 고이즈미무선이 적혀있다. 이름과 소속을 같이 저장하는 습관이 이럴 때 큰 도움이 된다.

구글을 열고 고이즈미무선을 입력하자 소토칸다外神田 4-5-5 아키바산류칸빌딩 3층이라는 주소가 뜬다. 잠시 홈페이지를 훑어보니 그가 말한 대로 40년, 아니 60년의 역사를 지닌 꽤 오래된 유한회사 겸 공방이라 설명되어 있다. 구글 지도에 주소를 넣자 걸어서 2분 거리라고 표시된다.

담배를 비벼 끄고 발길을 재촉했다. 아키바산류칸 빌딩은 금방이었다. 엘리베이터 없는 허름한 건물 계단을 올라가 3층 유리문 너머로 사무실을 훑어보자 인기척을 느꼈는지 중년의 아저씨가 나온다.

"뭘 찾으시나? 중국인, 한국인?"

외국 사람이 많이 찾아오는 듯 자연스럽게 쥬코쿠진中國人, 칸코쿠진韓國人을 언급한다. 자초지종을 설명하고 사토 가즈야의 이름을 댔다. 한참 설명을 듣던 중년의 아저씨는 고개를 갸웃거리더니 말한다.

"그런 이름의 친구는 없는데……. 어이! 다나카, 너 사토 가즈야라고 알아?"

조금 떨어진 곳에서 진공관인지 우퍼인지, 아무튼 기계를 만지고 있던 다나카는 "아뇨, 처음 듣는데요"라고 무심하게 답한 후, 다시 자기 일에 몰두했다. 중년의 남자는 나를 다시 쳐다보며 고개를 삐딱하게 기울이더니 덧붙인다.

"뭣보다 우리 회사에는 오카야마 출신이 아예 없었어. 처음부터 지금까지."

"네? 정말요?"

"응. 내가 고이즈미거든. 이 회사 대표야."

그러면서 나에게 자신의 명함을 준다. 명함의 형태까지 정확하게는 기억나지 않지만 사토의 명함 디자인도 이와 흡사했다는 기억이 떠오른다. 하지만 아버지의 대를 이어 사업을 하고 있는 고이즈미 2세가 나에게 거짓말을 할 리 없다.

더 이상 할 말이 없어 "아, 고맙습니다"라고 인사를 한 후 건물 밖으로 나왔다.

명함을 다시 들여다봤다. 그 친구의 명함에는 분명히 이렇게 가타카나 고이즈미コイズミ와 한자로 된 무선無線이 인쇄되어 있었다. 그 회사도 스피커를 만들었고 내가 찾아온 이 회사도 스피커를 만든다.

혼란스러웠다. 그와 나눈, 거의 100여 차례에 달하는 대화 중 진실은 얼마나 있었던 것일까. 아니 애초에 그는 누구였는가. 내 기억 속 '사토 가즈야'는 정말 착하고 괜찮은 친구였다. 예의 바르고 순수했으며 흔한 객기조차 부리는 일이 없었다. 그런데 그가 명함까지 들고 다니며, 심지어 조잡한 팸플릿까지 직접 만들어 들고 다니면서 그런 짓을 했다는 게 믿기지 않았다.

이날 내가 겪은 이야기는 한동안 화제가 됐다. 지금도 만나는 단골들, 예컨대 앞에서 말한 가게 단골 재일 동포 회장도 사토 가즈야를 당연히 기억하고 있는지라 이 얘기를 들려주자마자 "뭐? 아니 어떻게 그런 일이 있을 수 있지? 그게 말이 되냐?"라며 놀라움을 감추지 못했다. 이 글을 쓰는 지금도 도저히 이유를 알 수 없다.
배신당했다는 느낌 따위가 아니다. 지극히 순수한 호기심이다. 그는 대체 왜 그랬던 것일까?

# 인테리어업

"넌 뭘 해도 잘하니까 네가 하면 딱이겠다."

잘 나가던 술집을 관둔 이유는 크게 두 가지였다.

일단 전반적으로 손님이 감소했다. 내가 했던 술집은 매일 오는 사람들(일군의 회장단)으로 가게 유지비를 뽑고, 단체 손님 매상으로 재료비 및 공과금을 내고, 밤 12시 넘어서 오는 이들로 가족의 생활비를 버는 구조였다. 처음 몇 년간은 이게 잘 돌아갔다. 돈을 엄청나게 번 것은 아니지만 생활하는데 지장은 없었고, 아내의 이야기를 들어보면 저축도 조금씩 했단다. 그런데 2016년 들어서면서 손님이 줄어들기 시작했다. 1차로 식당에서 밥을 먹고, 2차로 우리 가게에 와야 하는데 이 '2차' 수가 급감한 것이다.

매월 한 번씩 팀원들을 데리고 왔던 도시바東芝의 부장은 "요즘 애들이 술을 안 마셔. 이런저런 핑계를 대고 다 빠져나가지. 하여튼 요즘 것들이란."이라며 꼰대의 정석을 보여줬지만 맞는 말이다. 스마트폰의 보급 때문인지 일본 젊은 세대의 풍토가 그래서인지 모르겠지만, 아니 우에노라는 동네 분위기도 영향을 미쳤겠지만 아무튼 기업의 단체 손님들이 2차를 잘 안 왔다.

또 12시 이후 손님들도 안 오기 시작했다. 즉 크라브 마마나 호스티스들이 자기 손님들을 데리고 오는 빈도가 현저하게 줄어든 것이다. 자기네들끼리는 어차피 잘 오지 않으니까 손님을 데리고 와야 하는데 이 손님들이 12시 땡 하면, 마치 신데렐라처럼 집으로 사라진다는 것이다.

설상가상으로 매일 찾아오던 회장단들도 나이가 들어가면서 내점來店 횟수가 줄어들기 시작했다. 수입 면에서 총체적 난국에 빠진 셈이다.

하지만 제로는 아니다. 손님이 줄어 많이 벌진 못해도 기본적인 생활은 영위할 수 있으니 어떻게든 지속해보려고 했다.

하지만 두 번째 이유가 발목을 잡았다. 바로 내 건강이었다. 4-5년간 하루도 빠짐없이 술을 마시다 보니 건강에 적신호가 온 것이다. 손님들은 한두 잔씩 마시는 거지만 나는 한두 잔씩 여러 팀과

상대해야 한다. 이 팀이 맥주를 먹으면 맥주를 마셔야 하고, 저 팀이 위스키라면 위스키를 마신다. 폭탄주를 주 6일간 하루 8-9시간씩 마시는 셈이다. 몸이 남아날 리가 없다. 무엇보다 내가 술을 별로 좋아하지 않았다.

지금 인테리어 사업 거래처들 중에는 당시의 술집 손님들이 많은데, 그들은 물론 우리 보스마저 내가 술을 거의 마시지 않는 것에 상당한 놀라움을 표한다. 왜냐하면 이들은 내가 술집 마스터를 하면서 매일같이 엄청난 양의 술을 마시는 모습을 목도했기 때문이다. 당연히 술을 좋아하고 즐긴다고 생각했던 것이다. 심지어 우에노의 부동산 관리 회사 사장(물론 가게 단골이었던 분이다)은 나만 보면 "테츠가 딴 사람이 됐다"라고 이야기하는데 왜 그러는지 몰랐다가 최근에야 이유를 알게 됐다. 그가 나 없는 곳에서 다른 사람들(이들도 물론 가게 단골들이다)을 만날 때마다 "저놈 만날 술이나 처먹고 그러는 줄 알았더니 인테리어 하면서부터 술도 끊고 아주 새사람이 된 거 같아. 일도 잘 하는 것 같고. 인테리어 일 있으면 저놈한테 맡겨."라는 말을 했다는 거다.

매우 고맙긴 하지만 팩트는 짚고 넘어가야 하겠다. 술을 끊은 게 아니라 원래부터 술을 잘 안 했다. 이 칭찬 이야기를 다른 사람들로부터 전해 듣고, 얼마 지나지 않아 관리 회사 사장을 만났을 때 말했다.

"제가 술을 끊은 게 아니라 원래부터 잘 못한다니까요. 그리고 매일 그리 마시면 그게 사람입니까? 알코올중독자죠."

"그러니까 난 그때 네가 알코올중독자라고 생각했지. 그나저나 넌 술도 잘 못하는 애가 술은 어떻게 그렇게 세냐? 너 취한 걸 한 번도 본 적이 없는데…."

"당연하죠. 그땐 술 마시는 게 일이니까 최선을 다해서 술 마신 거고, 지금은 인테리어가 일이니까 이거에 최선을 다하는 거고."

"어? 진짜 그러네. 허참, 묘하게 설득되네 그거. 하하하."

그의 사무실에 잠깐 놀러 갔다가 드립 커피를 한잔 얻어 마시며 평범하게 나눈 이 대화를 옮겨놓고 보니 내 삶을 관통하는 행동양식이 자연스럽게 나온 것 같다. 그게 어떤 일이든 최선을 다하는 것이다. 보스가 돌파구가 보이지 않는 '술집 테츠야'를 관두고 '인테리어 공무점 테츠야'를 해 보는 게 어떻겠냐는 아이디어를 낸 것도 그래서였다.

2018년 4월이다. 아직 본격적인 인테리어 회사를 설립하기 전이다. 앞에서 말한 부동산 관리 회사 사장의 부탁으로 우에노의 한 허름한 건물 옥상을 보스와 둘이서 다녀왔다. 옥상에 설치된 야외 노출형 수도관 교체 건인데, 아무것도 모르는 내가 보기에도 너무 간단해서 이거 얼마를 받아야 하나 고민했다. 이리야 창고로 돌아가 앞집 수도 설비회사의 우메자와 씨에게 상담 한 번 받아보는 게 빠르겠다는 생각이 들었다.

우에노에서 이리야로 돌아가는 길은 도보로 정했다. 2.8킬로미터. 멀다면 멀고 짧다면 짧은 거리다. 1시간은 걸리겠지 하고 시작한 사전답사가 10분 만에 끝나버려(그만큼 간단한 작업이란 뜻이다) 오래간만에 운동도 할 겸 우에노 공원을 지나 이리야로 빠지는 루트를 걷기로 했다.

보스와 함께 우에노 공원 안 도쿄예술대학 근처를 걷다가 잠시 공원 벤치에 앉았다. 벚꽃이 만개하려면 일주일쯤 남았고, 날씨도 별로 좋지 않아 공원 안에 사람이 별로 없다. 게다가 평일이기도 하니 지금 이 시간에 한 주 빠른 벚꽃놀이를 하는 이들은 자영업자나 비트코인 하는 친구들, 프리랜서, 예술가 등등이겠지.

샐러리맨 같아 보이는 사람은 한 명도 없… 아! 저기 한 명 있다. 벤치에 앉아 닭꼬치를 안주 삼아 아사히 클리어 발포주를 마시고 있는 30대 청년. 낮술 먹고 오후 영업을 어떻게 뛰려고 저러나. 보아 하니 벌써 두 캔째인 것 같은데.

삐리리, 전화가 울리고 맥주를 들이켜던 그는 전화 건 사람을 확인하더니 황급히 전화를 받는다. 연신 굽실거리는 태도로 봐서 아마도 거래처 사람인가 보다.

160
이렇게 살아도 돼

"하이! 하이! 네, 괜찮습니다. 감사합니다. 정말 정말 감사합니다. 최선을 다하겠습니다. 네. 진심으로 감사합니다!"

아리가또 소리만 몇 번 들었는지 모르겠다. 처음에는 긴장 어렸던 표정이 전화 통화 시간이 길어지면서 환하게 밝아지는 게 일이 잘 풀린 모양이다. 남은 맥주를 벌컥벌컥 들이켠 후 바로 앞 매점에서, 이번에는 아사히의 은색 진짜배기 캔 맥주를 사는 걸 보니. 오후는 힘들게 영업을 뛰지 않아도 되는 모양이다.


문득 2011년이 떠올랐다. 3월 11일, 그 엄청난 지진과 쓰나미의 여파로 모든 게 끝났다고 생각했던 그때, 사람들의 우울한 마음을 아는지 모르는지 한 달 후 우에노 공원에는 여느 때와 다름없이, 아니 평소보다 일찍 벚꽃이 만개했다.

아이러니했다. 쓰나미로 수만 명이 죽고, 지금도 골칫덩이로 남아 있는 후쿠시마 원전이 모조리 박살 났다. TV를 틀면 기즈나(絆, 유대)를 강조하는 공익광고만 줄곧 흘러나오고 있는데도 우에노의 벚꽃은 흐드러졌으니까.

그땐 사무실에 가도 보스 빼고는 아무도 없었다. 주력 사업 중 하나였던 한국 음식점 '아랫목'은 문을 닫았고, 보스의 가족은 물론, 한국인 직원 및 점원들까지 후쿠오카로 대피시켰다.

20장에 달하는 후쿠오카행 신칸센 표를 우에노 역에 사러 갔을 때, 평소 같으면 고개를 들어 놀라움을 표할 법 한 역원조차 말없이 표를 끊어줬던 기억이 난다. 그렇게 멍하니 둘만 사무실을 지키고 있다가 간혹 찾아오는 여진에 놀라고 또 놀랐던 그때, 보스에게 말했다.

"벚꽃이나 보러 가죠. 여기 있어봐야 할 것도 없는데."

"그렇지? 그래. 산보나 하자."


터벅터벅 우에노 공원으로 발걸음을 옮겼다. 그때 우리 둘이 원전 사고 기사로 장식된 요미우리読売신문 한 장을 깔고 앉았던 벤치가, 방금 전 승리의 환성을 내지르며 아사히 캔 맥주를 마시던 30대 청년이 앉아 있던 도쿄 예술대 앞 이곳이다.

2011년 그때도, 당연한 것이겠지만 사람이 별로 없었다. 캔 맥주를 종이컵에 따라 마셨다. 바람에 날려 떨어진 벚꽃잎이 하나둘 종이컵 안에 들어갔다. 바람이 한번 불때마다 수백 개의 벚꽃잎이 휘날렸다. 장관이었다. 사장도 나도 입을 떡 벌리며 감탄했다.

"처음 보네요. 이런 거. 너무 멋진데…."

"나도 첨 봤다. 와, 엄청나다 야."


벚꽃잎이 떨어진 맥주를 꽃잎과 함께 마신다. 벚꽃의 향취가 입 안 가득 퍼진다. 한 모금 눈을 감고 음미한 사장이 다시 눈을 뜨더

이렇게 살아도 돼

니 입을 뗐다.

"그래, 설마 망하겠냐. 또 잘 하면 되지."

"그럼요. 내년에 다시 벚꽃 보러 와야죠. 이거 꼭 다시 봐야죠."

지인들 거의 모두가 일본을 떠나거나 정리했던 그때 우린 남아 일처리를 다했고 6개월 정도 지나자 다시 본 궤도에 올라왔다.

그렇게 다짐했던 다음 해 벚꽃 구경은 바빠서 못했지만, 7년 후인 2018년 4월 비로소 약속이 지켜졌다. 상념에서 깨어나니, 아사히 캔 맥주를 벌컥벌컥 마시던 청년은 사라지고 없다. 보스가 나에게 매점에서 산 캔 맥주를 건네주며 "너 어차피 술집도 잘 안되는데, 인테리어 회사를 본격적으로 해보지 않을래?"라고 말해왔다. 그 말을 듣자마자 뿜을 뻔했다. 맥주를 애써 목구멍으로 밀어넣고 "아니, 저는 노가다 현장일을 제대로 해본 적이 없는데 과연 할 수 있을까요?"라고 반문했다.

보스가 씨익 웃는다.

"넌 뭘 해도 잘 할 수 있어. 너랑 십 수 년을 알고 지냈는데 그걸 모르겠냐? 어차피 지금 인테리어 공무점 하나 만들려고 하는데 네가 사장을 하면 딱이겠다."

보스는 맥주 한 캔을 다 마실 동안 결정하라 했다.

마지막 한 모금을 넘긴 후 말했다.

"그래요. 이것도 사람이 하는 건데 어떻게든 최선을 다하다 보면 길이 보이겠죠. 해 보겠습니다."

이렇게 해서 지금까지의 인생 역정과는 전혀 다른 업종, 그것도 사장이 됐다. 지난 1년간 정말 거짓말이 아니라 눈코 뜰 새 없이 바빴다.

그리고 2019년 5월에 회사의 1분기 결산서가 나왔다. 매출 4천8백만 엔. 이 매출의 3분의 2는 술집 마스터 시절 단골손님들이 발주한 공사였다. 클레임은, 놀랍게도 단 한 건도 없었고, 사고는 물론 미수금도 없다. 살아오면서 한 번도 해 본 적 없는 일이었는데, 최선을 다하고 성실하게 임하니 결과가 나왔다. 아침 8시에 집합해 조회를 열고, 일을 배분한 후 각 현장을 돌아다니면서 순서대로 잘 진척되고 있는지 체크한다. 5시에 현장이 끝나면 종회終會를 가지고 다음날 할 일을 알리면서 인력을 재배치한다. 저녁에는 클라이언트들에게 보고서를 보내며 그중 누군가와 식사를 한다. 저녁 9시쯤에 간단한 반주 한 두어 잔을 곁들인 식사 자리가 파하면 사무실이나 집으로 돌아가 인테리어에 관련된 동영상을 보거나 소방법, 건축기준법 등 법령집을 훑어본다. 12시에 취침하고 아침 6시에 기상한다. 다시 8시까지 사무실로 가 조회를 연다.

공무점 창고를 정리하는 중에 자리 한번 앉았다가 찍혀 버렸다.

이런 단조롭지만 익사이팅한 하루를 매일 보냈다. 본업뿐 아니
다. 이동이 많아 이동 중에 짬짬이 일본 부동산 중개사 시험을 공
부했는데 덜컥 합격했고, 경향신문 등 각종 언론에 소소하게 살아
가는 이야기나 칼럼도 기고했다. 작년 9월에는 에세이 책도 한 권
냈다.

이런 본업 및 취미 활동을 페이스북에 올리면 "이 모든 걸 어떻
게 다 할 수 있느냐?"라는 댓글이 지금까지도 달린다. 그런데 그
런 이야기를 들을 때마다 오히려 궁금해진다. 일부러 시간을 냈다
기보다 남는 시간이 있었고, 그걸 버리기 아까워서 그냥 이것저것

하는 건데, 그게 왜 신기하고 대단한 일로 취급되는지 말이다.

클린트 이스트우드는 마지막 출연작(클린트 이스트우드는 1930년생이다)이 될지 모르는 〈라스트미션(The Mule, 2018)〉에서 자신을 잡으러 온 FBI 수사관에게 이런 말을 한다.

"다른 것은 어떻게든 돈으로 살 수 있지만, 흘러가 버린 시간만큼은 못 산다."

이 말에 전적으로 동의한다. 나는 솔직히 시간이 아깝다. 잡지 못하기 때문에, 흘러갈 수밖에 없는 이 시간의 흐름 속에서 내가 할 수 있는 최선의 길은, 생각과 동시에 즉시 행동으로 옮기는 것뿐이다. 그리고 많은 사람들이, 아니 적어도 이 책을 읽는 분들은 이렇게 행동했으면 좋겠다. 그러면 조금이나마 지금보단 충실한 삶을 살아갈 수 있지 않을까. 우리 세계에는 타임스톤도, 양자역학의 차원도 없으니까 말이다.

이렇게 살아도 돼

## 본업
## 이야기

  초창기 인테리어 일은 정말 난관에 난관이 거듭됐
다. 하나는 나의 무지 때문이었고(당연하다, 인테리어 같은 걸 해본 적
이 없으니까), 또 하나는, 이것 역시 무지했기 때문이지만, 목수들과
의 인간관계에서 오는 갈등이었다. 지금은 나 역시 1년 6개월 정
도 이 일에 관여하고 있어 문제가 사라졌다.

  고작 1년 6개월 만에 어떻게 그렇게 되냐고 생각할 사람들도 있
겠지만 나의 1년 6개월은 보통 현장일 하는 사람들의 5년에 필적
한다고 보면 된다.

  무슨 말이냐면 일당 목수들이 한 달에 받는 일감 및 보수는 보통
2주치에 해당하는 30만 엔이다. 한국은 모르겠지만 일본은 하루
보통 2만 엔 정도 받는다. 일견 수입이 괜찮아 보인다.

하지만 한 달 내내 일할 수 있는 현장은 없다. 일주일 이상 넘어가는 현장에 투입되면 목수 동료들이 축하한다고 할 정도다. 그렇기 때문에 자사 빌딩 매니지먼트까지 하는 우리 현장은 매일 일이 있는, 매우 큰 현장이었다.

당연히 많은 한국인 목수들이 몰리고, 그 안에는 실력자들도 끼어 있다. 한국인 목수들을 뽑는 이유는 손이 빠르기 때문이다. 자잘한 실수가 없다고 할 수는 없지만 단점을 뛰어넘는 빠른 속도가 있기 때문에, 싼값에 허름한 수익형 부동산을 매입해 대규모 리폼 공사를 한 후 임차인을 모집, 운용하는 우리 입장에서는 잔업을 마다하지 않는 한국 목수들이 딱 맞았다(물론 잔업수당은 반드시 챙겨 드린다).

그런데 이 쟁쟁한 목수들을 감독해야 하는 업무가 나에게 주어졌다. 아직 회사를 설립하기 전인 2017년 10월 이야기다.


프로의 세계는 말 한마디 나눠보면 안다고 한다. 내가 그랬다. 아직 임팩트 공구 다루는 법도, 비스 하나 제대로 못 박을 때다. 그런 내가 아침에 그들을 모아놓고 조회를 한다는 것 자체가 어불성설이다. 지금 생각하면 당장이라도 쥐구멍에 들어가고 싶어진다.

물론 그때도 당연히 알고 있었다. 말을 하지 않을 뿐이지. 목수 형들의 눈빛만 봐도 내가 무시당하고 있다는 걸 알 수 있었다. 하

비포 앤 애프터. 낡은 건물을 사서 완벽 리폼 후 세를 놓아
수익을 올리는 것이 지금 하는 일이다.

지만 지금 테츠야공무점이 위치한 이리야 사무실 건물의 전체 리폼이 3개월 만에 완성되었을 때, 그들의 나에 대한 인상은 확연히 달라졌다.

그들이 변한 결정적 계기는, 우습게도 내 현장감독으로서의 능력이 아니라 그들과 같이 진행했던 이리야 리폼 공사를 정리해서 기고한 아래 경향신문의 칼럼 때문이었다.

**일본 공사현장 깐깐한 기준에 초보 현장 관리자인 나로선 진땀이.**

초보 공사현장 관리자로 보낸 90일간의 대장정이 끝났다. 돌이켜 보면 말이 좋아 관리자지 이런저런 잡일만 도맡아서 다 한 것 같다. 건물 틀만 남겨두고 연면적 약 120평(30평씩 4층)을 다 뜯어고치는 작업이라 처음에는 '이게 과연 말이 되나'라는 생각도 여러 번 했는데, 일은 손이 하는 법. 꾸준히 하다 보니 어느새 완성됐다. 그리고 짧다면 짧고 길다면 긴 이 90일 동안 한국에서는 몇몇 사고가 터졌다. 대표적인 것이 포항 지진과 제천 화재다. 포항 지진 때 필로티 건축물의 피해가 컸다는 뉴스를 접하고, 지은 지 52년 된 우연찮게도 비슷한 공법으로 지어진 이번 도쿄 이리야 공사현장의 구형 필로티 건물을 소재로 이 '일기일회'(경향신문 칼럼명)에 글을 쓰기도 했다. 인명피해가 크게 난 제천 화재는 너무 큰 사고라 차마 언급하지 못했다. 비명에 가신 분들의 명복만 빌 뿐이다.

사실 한국 공사현장을 한 번도 경험해보지 않았다. 대학시절에 다들 한 번쯤은 해 본다는 새벽 인력시장 아르바이트도 해본 적이 없다. 마찬가지로 일본 공사현장도 경험해보지 못했다. 유학생들은 고임금 때문에 한 번씩 해본다고 하던데 이상하게 기회가 없었다. 그러니 이번 현장이 내 생애 최초의 현장이다. 그런데 일본 현장은 아니다. 도쿄 이리야에서 하는 공사인데 왜 일본 현장이 아니냐는 의문을 품을 수도 있겠다. 이유는 장소만 도쿄이지, 나머지는 전부 한국이기 때문이다. 우리 회사 대표가 한국인이고, 마지막에 합류한 네팔 친구 2명을 빼면 목수들

이렇게 살아도 돼

도 죄다 한국인이다. 지리적으론 일본이지만, 일본인이 한 명도 없기 때문에 일본 공사현장이라고 말하기 애매한 구석이 있다. 일종의 퓨전 현장인 셈이다. 또 실제 공사도 그런 식으로 흘러갔다. 관청의 허가와 지적을 받으면 그걸 따르긴 하는데 융통성이 작용하는 '그레이존'이랄까. 일본어 표현으로는 미나시(見做し, 어림잡기, 융통)를 적극적으로 활용했다.

가령 일본 공사현장은 2층 이상 외벽에 손이 갈 경우 보통 아시바足場라 불리는 발판을 설치한다. 그런데 발판을 설치하기 위해서는 필연적으로 도로를 침범할 수밖에 없으므로 해당 관청으로부터 '도로 사용점유 허가서'를 받아야 한다. 신청하는 사람이 현장감독, 즉 나였던 관계로 구청 도로교통과와 경찰서를 찾아갔는데 보통 까다로운 게 아니다. 구청에서 신청서 두 종류를 받아 경찰서 가서 접수하고 경찰서에서 이런저런 걸 물어보며 주의사항을 적은 후 허가를 해준다. 그러면 다시 그걸 들고 구청에 가서 최종 허가를 받아야 겨우 설치할 수 있다.

그런데 구청 신청서를 찬찬히 훑어보니 건물이 서 있는 토지(사유지) 경계선으로부터 60㎝를 넘어 150㎝까지(건물과 접한 도로 및 인도 폭에 따라 다른데 우리 건물은 60~150㎝) 이용 가능하다고 하기에 담당 구청 직원에게 "이거 60㎝ 안 넘으면 신청 안 해도 되는 건가요?"라고 겁 없이 물었다. 그러자 구청 직원이 뭔 이딴 현장감독이 있냐는 시선으로

"발판 설치하는데 어떻게 60이 안 넘어요?"라고 반문한다. 모를 수도 있지, 뭘 그렇게 면박을 주는지 참나(실제로 찾아보니 가장 작은 사이즈가 폭 61㎝였다). 조용히 두말 않고 신청서를 받아와서 여기저기 알아보니 도로 사용허가에만 3일이 걸리고 설치비용까지 하면 100만 엔 정도가 들었다. 정석대로 하기엔 예상하지 못한 시간 낭비에 예산초과다. 그래서 우리가 내린 결론은 한국식 공법의 도입, 즉 매시 매트라 부르는 통풍 및 방음효과가 있는 기다란 천막을 도로 쪽으로 60㎝ 넘어가지 않게 바닥으로 늘어뜨려 그 안에서 안전장비를 완벽하게 구비한 베테랑 한국인 목수가 줄을 타고 내려와 페인트를 칠하는 방식이었다. 한국에서는 흔히 볼 수 있는 광경이지만, 일본에서는 드문 방식이라 오가던 일본인들이 얼마나 사진을 찍어댔는지 모른다. 또 그게 위험해 보였는지 경찰서에 신고한 사람도 있었다. 자전거를 탄 경찰이 와서 입을 쩍 벌리더니만 고개를 갸우뚱하고 도로로 삐져나온 매시 매트의 길이를 잰다. 당연히 60㎝를 안 넘었으니 뭐라 할 말이 없는지(사실 바람이 심하게 불면 매트가 휘날려 60㎝를 넘기도 하지만 아무튼) 안전에 주의하라는 말만 하고 갔다. 물론 시타야 경찰서 소속 그 경찰도 스마트폰으로 몇 장이나 사진을 찍어갔다. 아마 자기 소셜미디어에 오늘 신기한 구경 했다고 자랑하지 않았나 싶다.

이런 유의 융통성은 사실 일본 사회에 넓고 깊게 퍼져 있다. 자전거 문화만 해도 그렇다. 두 명 이상이 하나의 자전거에 타는 건 엄격하게 따지면 도로교통법 위반이다. 그런데 예외규정을 두어 어른 하나에 아이 하나 혹은 둘이 탈 경우는 넘어간다. 사실 이 예외규정도 자전거의 규격에 따라 복잡한데 규격 가지고 시비 거는 경찰은 한 번도 본 적이 없으니 이것 역시 미나시의 영역이라 하겠다. 또 자전거도 차로 분류되기 때문에(일본에서 자전거 즉, 자전차는 법적으로는 '경차량'에 분류되며 그래서 자전거를 살 경우 경시청에 등록된다) 도로교통법상의 법령을 따르는 각종 규칙들을 지켜야 한다. 그런데 너무 심한 경우, 이를테면 만취 운전이 아니면 웬만하면 봐준다. 법령은 최대한 보수적으로 설정해 놓고 적용은 유연하게 하는 셈이다.

공사현장은 이런 부분을 극도로 활용해야 한다. 비용과 직결되기 때문이다. 아 참, 안전은 당연히 지키는 거니 걱정하지 않아도 된다. 위에서 언급한 대로 발판 설치를 다른 일본 현장처럼 할 경우 발판 설치비용만 100만 엔이 들고, 신청에는 3일이 걸린다. 발판 설치 시간도 하루는 잡아야 하니 도합 4일이 날아간다. 하지만 우리 식으로 하면 반나절에 설치를 다 끝내고 바로 작업에 들어간다. 비용은 매시 매트와 각종 로프, 고정 쇠 파이프 및 파이프 이음쇠, 그리고 인건비가 전부다. 실제로 계산해보니 이것만 85만 엔과 3일 반나절이 절약됐다.

수도 설비도 비슷하다. 일본인 업자한테 맡기면 500만 엔은 가볍게 들 정도의 일을 여러 '적법한 편법'을 이용해 200만 엔 정도로 해결했

현장 정리만 깔끔하게 잘해도 공사 효율은 30% 이상 올라간다.

다. 이게 가능했던 이유는 수도 설비를 일본 현장에서 잔뼈가 굵은 한국인이 했기 때문이다. 이분이 처음 와서 농담조로 웃으며 했던 말이 "이 정도 규모 일본 현장은 아침에 가면 회의하는 데 몇 십 분씩 걸리고, 끝나면 정리한다고 한 시간 잡아먹고 휴식도 충분히 주는데 여긴 뭐가 이리 빡세냐?"였을 정도로 일을 해나갔다. 그렇다고 부실공사를 한 건 물론 아니다. 지금 그 이유를 생각해보면 다들 일본이란 나라에 살고 있다는 게 크지 않을까 싶다. 초보 현장감독이긴 하지만 나도 이미 여기서 17년째 살고 있고 나머지 한국인 목수들도 5년에서 20년씩 거주했다. 살다 보니 눈에 보인다. 다들 자기가 사는 집과 비교한다. 방수에 대한 철저한 의식과 방음재 등 층간 소음 대비는 확실히 해야 하고, 벽지는 당연히 불연(FR) 최고 등급이어야 한다. 페인트, 본드, 합판, 마루 재료에 새집증후군의 원인인 포름알데히드 성분이 없어야 함은 당연지사이고.

즉 여러 안전의식은 일본인 수준과 비슷한데 일 처리 및 진행속도는 빠르다. 그만큼 일당도 조금씩 높게 책정했다. 또 직접 고용제이기 때문에 중간에 따로 새는 것 없이 고스란히 목수들 통장으로 입금했다. 고용안정도 실현했다. 일이 조금 늘어지는 기미가 보여 한 번은 종례시간에 "자기 일 끝났다고 해서 그만두라고 하지 않겠고, 이 일 끝나면 우리가 직접 하는 다른 현장도 숱하게 있으니 일은 걱정하지 마시라. 앞으로 1년은 더 해야 한다." 하고 안심시켰다. 그러다 보니 목수들이 나보다 두세 배씩 급료를 챙겨갔다. (이 현장이 다 끝난 지금 다들 다른 현장으로 나뉘어 계속 일을 하고 있으니 고용안정화 약속도 지키고 있다.)


물론 공사기간 중 자잘한 트러블은 있었지만, 별다른 사고 없이 기일을 무사히 맞추었다. 가스, 수도, 전기도 새롭게 증설하거나 구비했고 각 원룸에 들어간 설비는 모두 신형으로 교체했다. 원래 7개(2층 3개, 3층 3개, 4층 1개)밖에 없던 방을 14개 소형 원룸으로 재탄생시켰으니 그야말로 무에서 유를 창조한 것이라 자평한다. 물론 갖가지 안전조치도 다 갖추었다. 아니다. 갖추었다기보다 갖추지 않으면 사람이 들어오지 않으니까 그렇게 해야만 한다.

중요한 건 이렇게 해서 공사비가 얼마나 절약되었느냐는 건데 업자에게 발주를 맡겼을 때보다 40% 정도는 비용 절감에 성공한 것 같다. 아무것도 몰랐던 내가 일련의 리모델링 흐름을 파악할 수 있었던 건 덤이고. 그리고 완공된 다음 날인 1월 21일, 소문을 듣고 찾아온 일본어 학교 원장이 각 원룸을 둘러보더니 1시간도 안되어서 "우리가 전부 빌리면 안 됩니까?"라고 의사 타진을 해와 순조롭게 계약까지 진행됐다. 너무 순조롭게 진행돼 무서울 정도인데 대표가 "야. 뭐가 무섭냐? 다 네가 감독을 잘해서 그런 거지. 당연한 거야"라고 치켜세워준다. 순간 한며칠 휴가 좀 주려나 김칫국 마시는데 "내일부턴 가마타蒲田, 야나기하라柳原, 도리고에鳥越, 세 군데로 나눠서 할 테니까 목수님들 잘 분배해 봐"라는 지시가 떨어진다. 그리고 지금 나는 세 현장을 열심히 돌아다니고 있다. 눈이 아니라 손이 일한다는 금언을 매분 매초 생각하면서 말이다.

(2018년 2월 3일 경향신문 토요판 게재)

2016년 12월부터 3주에 한 번씩 경향신문 토요판에 칼럼을 써왔지만 목수들에게는 일부러 알리지 않았고, 현장 목수들이 들어와 있는 단체 채팅방에 칼럼 링크를 건 적도 없다. 위 칼럼 역시 마찬가지였다.

이렇게 살아도 돼

그런데 이 칼럼을 에어컨 설비 전문 목수님이 우연찮게 읽은 후, "우리가 만든 건물이 한국 뉴스에 실렸는데, 세상에! 박 과장님이 쓰셨네요!"라는 코멘트와 함께 단체 채팅방에 링크를 올려버렸다. 부끄러움으로 얼굴이 화끈 달아올라 한 번 더 기사를 꼼꼼하게 읽었다. 혹시라도 건방진 표현이나 목수 형들의 자존심에 상처를 낼 만한 표현은 없는지, 내가 현장 일을 잘 모르면서 건성으로 쓴 부분은 없는지 체크하기 위해서였다.

　그런데 칼럼을 다 읽기도 전에 메시지 알림 소리가 막 울린다. 떨리는 마음으로 채팅방에 다시 들어갔다. 놀랍게도 엄청난 칭찬 세례가 기다리고 있었다. "지난 3개월을 이렇게 꼼꼼히 정리하시다니 대단하네요", "잘 몰랐는데 현장 외에도 신경 쓸 일이 많네요. 수고하셨고, 기사 잘 읽었습니다.", "글이 너무 재밌네요. 박 과장님 엄지 척!" 등 과도한 상찬이 이어졌다. 회식(매주 토요일은 회식하는 날이다) 자리에서도 모든 분들의 술을 한 잔씩 받아야 하는, 마치 무슨 노벨문학상 수상 기념 파티 같은 축하 세례가 이어졌다.

　이 일 이후 목수들의 나를 대하는 태도는 확실히 달라졌다. 눈빛이나 태도만 봐도 안다. 뭐 하나만 잘해도 "역시 글 잘 쓰는 분이라 현장도 금방금방 외운다"라는 비논리적(?)인 칭찬을 수차례 들었다. 시시때때로 "현장칼럼 안 쓰냐?"라고 은근슬쩍 물어오는 분이 있는가 하면, "내 파란만장한 인생 수난을 들으면 책 수십 권도 넘

177
02 사는 게 직업이다

게 나올 건데, 박 과장 내 이야기 써볼 생각 없어?"라며 옆구리를 콕콕 찌르는 이도 있었다.

그런데 이건 우리 현장 분들만 그랬던 것이 아니다. 페이스북 친구들 중 건축, 인테리어, 설비, 목공 계통에 있는 이들은 유명 종합일간지에 이런 실전적인 현장 관련 글이 실리는 거 처음 본다면서, 앞으로도 많이 써 달라 하는 거다. 하긴 나도 확실히 이런 유의 글을 업계 관련지가 아닌 종합일간지 지면에서 본 적은 한 번도 없었다.

그래서 그 후론 아이들 이야기뿐 아니라 지금 하고 있는 인테리어 현장 일도 소개했다. 아래 칼럼도 이런 맥락에서 쓴 것인데 현장 작업 중 지진이 찾아오는, 일본의 아주 특수한 상황과 맞물려 아주 많이 읽혔고, 욕도 많이 먹었다.

'일본인 수리공도 포기한 낡은 클럽 하우스, 지진 견디며 3일 만에 고친 자부심이란'이라는 긴 제목도 특이하고, '국뽕' 요소가 잘 버무려져 꽤 이슈가 되었던 칼럼이다.

이렇게 살아도 돼

다들 포기한 "더 내셔널 컨트리클럽 지바"의 난관 공사들.
지금은 우리한테만 일을 준다.

**일본인 수리공도 포기한 낡은 클럽 하우스,**

**지진 견디며 3일 만에 고친 자부심이란**

며칠 전에 지바의 골프장에 다녀왔다. 골프 치러 간 게 아니라 일을
하기 위해서다. 요즘 일에 관련한 글을 안 쓰다 보니 몇몇 독자들이 "인
테리어 관뒀어요?"라고 물어온다. 그리고 술집 얘기는 아예 쓰지도 않
는데 "술집 다시 해요?"라고 물어오는 분들도 있다.

신기하다. 몇 달 리폼 관련 일에 대해 쓰지 않았다고 관뒀다 생각하

거나 다시 술집으로 돌아간 거냐고 물어보시는 게 그렇다. 말해보자면 인테리어 일은 엄청나게 바쁘고, 내 생각에는 완전히 자리를 잡은 것 같다. 초창기에 썼던 칼럼대로 됐다. 일본 현장에 비해 치밀함과 안전성은 상대적으로 덜 하지만 그래도 일본 업자들보다 싼 금액에, 무엇보다 엄청난 속도로 일을 처리하니(다행히 하자가 난 적은 한 번도 없다) 클라이언트 입장에서는 기뻐할 수밖에 없다.

이번 지바千葉 골프장 일도 그랬다. 골프장 일 이야기를 듣고 바로 현장으로 달려갔다. 총체적인 문제가 있다는데 전화 상으로는 아무리 들어도 이해하기 힘들어 "가까운 시일 내 보러 가겠다"라고 말했다. 다음 날 가니 골프장의 사이키 총 지배인이 나를 보고 놀라면서 "아니 어떻게 이렇게 빨리 왔어요?"라고 말한다. 문제가 심각하다고 하기에 일단 내 눈으로 보고 싶어 왔다고 말하니 "그래도 시간이 꽤 걸리는 거리인데…"라며 말을 흐린다. 사이키 씨의 말은 이해가 갔다. 내가 확실한 날짜를 정하지 않고 "가까운 시일"이라고 말한 데서 오는 혼선이었다. 그의 말에 따르면 1~2주일 정도 간격을 두고 보러 와서, 견적을 내는 데 2~3주가 걸리고, 실제 작업은 두어 달 정도 있다가 진행하는 '일본 업자식式 패턴'으로 생각했다고 한다. 또 실제 지금까지 골프장 보수 공사를 맡았던 여러 일본 업자들도 다 그런 식으로 일을 진행했다고 한다. "우리 한국 업자는 그렇게 안 한다"라고 답한 후 골프장을 돌아봤다.

문제가 매우 심각했다. 클럽하우스 레스토랑에서 흘러나오는 음식물 찌꺼기는 1층 사무실 천장을 통하는 배수관으로 연결되어 최종적으로 바깥에 설치되어 있는 기름 제거기(그리스 트랩, Grease Trap)를 한 번 통과한 후 정화조를 거쳐 산골짜기에 버려지는 배수 시스템이었다. 그런데 최초의 배수 구멍이 막히는 바람에 하수가 아주 약하게 흘러 내려가면서 사무실 천장 파이프에서 누수 현상이 생겼고, 나머지가 바깥 기름 제거기로 흘러 나갔다. 하지만 거기도 다 막혀 있어 제거기가 제대로 역할을 못했다. 기름 찌꺼기가 가득 담긴 더러운 물이 지면으로 흘러 넘치는 오버플로overflow 현상이 발생하고 있었다. 엄청난 악취와 기름 덩이에 골프 치러 온 손님들도 그 근처를 지나칠 때면 코를 싸쥐었다. 문제는 사무실 직원들이다. 천장에서 매일 썩은 물이 떨어지는 열악한 환경에서 일을 보고 있었단다. 하루 이틀 새 이리 된 게 아닌 것 같아 언제부터 이랬냐고 물어보니 엄청난 대답이 돌아왔다.

"제가 여기 왔을 때부터 이랬으니까 한 3년?"
"네? 3년요?"
"네. 그럴 수밖에 없었어요. 수많은 업자가 보러 오긴 했는데 다들 못하겠다고 해 버려서."

지은 지 50년 된 클럽 하우스다. 낡고 오래된 건물일수록, 그리고 저층일수록 일본 수도 업자들은 안 맡으려 한다는 이야기를 듣긴 했다.

3년 넘게 오물 냄새로 고통을 받았던 이들을 해방시켜주는 순간.

그리고 금액들이 다 컸다. 클럽하우스 측도 문제였다. 며칠 골프장을 쉬면 될 텐데 회사 방침 상 그건 또 안 된다고 한다. 레스토랑을 쉬기만 하면 공사는 된다. 그런데 골퍼들이 레스토랑을 이용하지 못한다면 말이 안 된다. 여러 사정을 듣고 일본 업자, 아니 다른 업자들도 발을 빼겠구나, 싶은 느낌이 들었다. 실제로 보고 나도 고개부터 절레절레 흔들었으니까. 하지만 입에서는 "알겠습니다. 저희가 한번 해보죠"라는 말이 튀어나왔다.

"외벽에 구멍을 뚫어서 기존의 배수관은 죽이죠. 새로 배수관을 만들고 그리스 트랩을 새로 교환합니다. 저거 40년 전에 설치한 거라 아

이렇게 살아도 돼

무 기능도 못하고 다 막혀 있어요. 맡겨주시면 제가 한번 죽이 되건 밥이 되건 해보지요."

외벽에 구멍을 뚫자는 의견을 내자 사이키 씨는 "아 그런 방법이 있군요. 그런데 내진 강도나 그런 건 문제없을까요?"라고 되묻는다. 아 참, 일본인의 마음속에는 지진에 대한 공포라는 게 있지. 설득시켰다.

"어차피 50년 된 건물이라 큰 지진 오면 다 무너져요. 그건 하늘에 맡기고 구멍 안 뚫으면 계속 악취 속에서 작업해야 할 겁니다. 제가 말한 대로 하는 게 가장 현실적일 것 같은데 아무튼 이거 아니면 안 될 것 같으니까 결정해주면 하고 아니면 저희도 힘들 것 같아요."

지진에 굴하지 않고 해치워야 했던 긴박했던
타임 리밋 12시간의 흔적.

그리곤 도쿄로 돌아왔다. 이틀 후 연락이 왔다. 내 아이디어가 통과됐으니까 해 달라고. 그 사이에 여러 업자들에게 내 아이디어를 이야기했는데 아무도 못하거나 견적이 매우 셌다는 말도 덧붙였다. 하지만 그런 말을 하면서도 반신반의하는 기색이 느껴졌다. 괜히 열받는다. 아니 우리 한국인의 실력을 뭐로 보고.

바로 날아가 작전을 짰다. 처음 이틀간 기존의 기름 제거기를 파내고 철관을 다 잘랐다. 작동하지 않는 그 기름 제거기로 나오는 하수는 따로 고무호스를 연결해 다른 쪽으로 뺐다. 땅을 파서 새로 주문한 최신식 기름 제거기를 묻고 맨홀로 넘어가는 파이프도 모두 교체했다. 외부 작업이 전부 끝나자 드디어 레스토랑 내부 작업에 들어갔다. 오후 5시 30분부터 다음날 오전 5시30분까지 다 해야 한다. 타임리밋이 12시간뿐인 대 작업. 외벽에 코어 기계를 설치하고 구멍을 뚫으면서 레스토랑 내부의 움푹 파인 제1배수통을 말끔히 청소한 후 방수제, 경화제를 섞은 급속 모르타르를 쏟아부었다. 기존의 관(사무실 누수의 원인)을 꼼꼼히 막을 때 벽 구멍이 뚫렸다.

그 순간 엄청나게 흔들렸다. 레스토랑 내부의 접시가 떨어지고 형광등이 심하게 요동친다. 처음에는 우리가 외벽을 뚫는 바람에 그리된 줄 알고 큰일 났다 싶었는데 각 인부들의 휴대폰에 재난문자가 바로 날아온다.

진도 5강. 진원지가 우리 작업장에서 불과 15킬로미터 떨어진 곳이다.

황급히 사다리에서 뛰어내려 밖으로 도망쳤다. 골프장의 다른 현장에서 작업하던 일본인 업자들도 다 달려와서 모였다. 진동이 잦아들자 우리 팀은 "야 빨리 들어가서 하자. 시간이 얼마 없어. 안 굳으면 말짱 도루묵이야"라며 다시 현장으로 복귀한다. 그런데 같은 장소, 다른 현장의 일본인 업자들은 주섬주섬 들어갈 준비를 한다. 사이키 씨가 걱정된다는 투로 우리에게 다가오면서 이런다.

"여진이 올지도 모르는데 오늘은 그만하셔야 하는 거 아닙니까?"

나도 무섭다. 그만하고 싶다. 그런데 작업하다가 나와 버렸다. 여기서 관두면 지금까지 한 작업이 허사로 돌아가고 내일 다시 처음부터 해야 한다.

"아뇨. 하다가 나왔기 때문에 마저 해야 합니다. 시간이 없어요. 내일 골프장 쉬진 않을 거잖아요."

마지막 말은 일부러 했다. 그렇게 걱정이면 골프장을 하루 쉬면 된다. 그럼 문제없이 해낼 수 있는데, 죽어도 그러진 않으면서 하던 작업을 도중에 관두라면 앞뒤가 안 맞잖아, 이 사람아. 그리고 6시간이면 마른다는 급속 모르타르를 다 바른 시간이 밤 11시. 계산대로라면 오전 5시에 완전히 건조되어 부엌에서 물을 써도 문제가 없다. 진인사대천명의 심정으로 밖에 나와 새로 뚫은 구멍으로 파이프를 넣고 낮에 교체한 기름 제거기와 파이프를 연결했다. 새벽 2시에 모든 작업이 끝났다.

다음날 오전 5시. 모르타르는 단단하게 건조돼 있었다. 나도 모르게

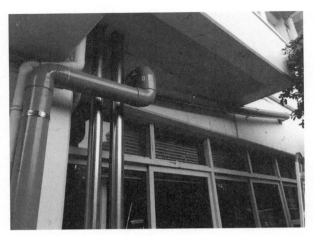

배관을 아예 밖으로 빼는 방식을 채택해서 성공시키자
골프장 직원들이 벌린 입을 다물지 못했다.

환호성이 터져 나왔다. 요리장이 출근해 물을 세차게 틀었다. 2층에서
아래쪽 기름 제거기 쪽을 쳐다본다. 오버플로 없다. 맨홀을 열어보라고
시켰다. 하수가 순조롭게 잘 빠져나가고 있었다. 대성공이다.

　걱정됐는지 1층 사무실에서 뜬눈으로 밤을 새운 지배인도 30분 후
올라오더니 "됐습니다. 됐어요. 천장 누수 잡혔어요!"라고 기뻐 날뛴다.
출근한 여직원들도 다들 눈을 휘둥그레 뜨면서 몇 번이고 대단하다, 멋
지다를 반복한다.

　하긴 3년 동안 양동이를 교체해가며 천장에서 떨어지는 악취 기름물

을 받아내던 그 고통이 이제는 사라졌으니 당연하겠지. 3일간의 작업을 끝내고 도쿄로 돌아갈 채비를 한다. 사이키 씨가 멀리서 커피를 잔뜩 사들고 와 우리 목수들에게 나눠주고 나한테 마지막 남은 것을 건네주며 이렇게 말한다.

"정말 감사합니다. 무엇보다 그렇게 큰 지진이 났는데 다시 작업하러 들어가는 것을 보고 제가 정말 감동했습니다. 앞으로 잘 부탁드리겠습니다. 앞으로도 종종 뵐 것 같아요. 다른 곳도 할 게 많거든요."

민간외교 별거 있나? 이런 게 하나둘 쌓이면 그게 다 한국에 대한 인상이 좋아지는 거지. 물리적 이익은 거의 없지만, 정신적 포만감과 한국인의 위상을 높였다는 자부심만큼은 프라이스리스Priceless. 나는 그것으로 만족한다.

(2018년 7월 14일 경향신문 토요판 게재)


이 칼럼을 비판하는 독자들의 입장은 "지진이 일어났는데 목숨 걸고 일하는 것 자체가 이상한 마인드" 혹은 "빨리빨리 하는 게 능사가 아니다, 한국은 그리 해왔기 때문에 문제가 생기는 것" 정도로 수렴된다.

물론 일리가 있는 지적이다. 하지만 현장이라는 것이 정석대로만 할 수 없다. 일본 업자처럼 정석대로 하면 경쟁력을 가질 수가 없는 상황이다. 그럼 다 일본 업자 쓰지 뭐 하러 설립된 지 1년도

채 안 된 한국인 위주의 우리 회사를 쓰겠는가?

가격 경쟁력과 시공 기간 단축은 어떻게 보면 우리의 유이한 메리트다. 우리 역시 부동산 건물을 소유하고 있기 때문에 당연히 알고 있지만, 지구상의 모든 건물주(클라이언트)들은 안전은 당연하다는 전제 위에 보다 싼 가격과 탁월한 스피드를 발휘하는 업체를 끊임없이 찾는다. 그렇기 때문에 나는 테츠야공무점이 완전히 일본 사회에 정착될 때까지 이런 스탠스를 버릴 생각이 없다.

이건 굳이 현장 일이 아니라도 적용된다. 지금 이 책을 읽고 있는 독자들도 자신의 일을 투영시켜 보기 바란다.

다른 회사, 다른 부서, 다른 동료보다 무엇 하나라도 뚜렷한 경쟁력이 있어야 성장할 수 있다. 아니, 속된 말로 '안 짤리고' 먹고 살 수 있다. 그 경쟁력이 불법이라면 물론 논외다. 하지만 합법적인 경쟁력이지만 남이 가보지 않은 길이라 왠지 두렵다거나 위험하다는 인상을 스스로 주입시킨다면 그 벽을 한번 깨어보는 것을 추천한다.

정석대로 해서 모두 잘 살수 있으면 좋겠지만, 세상이 어디 그리 만만한가. 사업을 뜻하는 영단어 '비즈니스'에 도전, 즉 '챌린지'의 의미가 내포되어 있는 것도 다 이유가 있는 법이다.

# 기막힌
# 선물

앞에서 잠깐 언급했지만 2018년에 일본 국가공인 시험 중 하나인 부동산 공인중개사 시험에 합격했다. 일본의 시험이니 당연히 모든 시험문제는 일본어로 나온다.

처음 쳐 본 시험인데 한 번에 붙는 바람에 주위 사람들은 물론 페이스북 친구들도 "아니, 인테리어 공사하느라 눈코 뜰 새 없이 바쁜 사람이 대체 언제 공부해서 합격한 거냐?"라며 놀라움을 감추지 않았다.

게다가 이번 시험의 커트라인은 사상 최고인 37점이었다. 50개 문항 중 37개를 맞추어야만 합격이다. 한국은 잘 모르겠지만, 일본의 중개사 시험은 상대평가로 매년 수험생 성적 상위 약 15% 정도를 합격시킨다. 2018년에는 265,444명이 신청해 213,993명이 시험을 봤고, 그중 33,360명(상위15.6%)이 합격했다. 물론 그 안에는 나도 포함된다. 커트라인에 딱 걸린 37점이지만 당당히 합격했고 주위의 칭찬 세례를 듣게 되니 기분은 확실히 좋다. 그런데이 중개사 시험을 보게 된 경위가 상당히 엉뚱하다.

발단은 보스의 오른팔인 그룹 본사 부장님으로부터 시작됐다(참고로 나는 보스의 왼팔이다). 때는 2018년 1월 한참 춥던 시기다. 앞서 언급한 이리야 건물의 90일에 걸친 대규모 리폼을 하고 있을 때다. 여느 때보다 일찍 도착해 인부들을 기다리고 있었다. 히터를 켜고 앉았다. 따뜻한 열기가 퍼져 기분이 좋다. 소파에 앉아 꾸벅꾸벅 졸고 있는데 누가 어깨를 툭 친다.

"야, 불나겠다. 히터 조심해."

"어? 이 아침에 웬일이세요?"

"운동하다가 여기 열려있어서 들렀지."

"커피 한잔하고 가세요."

졸린 눈을 비비고 기지개를 폈다. 드립 커피를 두 잔 내렸다. 말없이 커피를 마시는데 갑자기 그가 "야, 너 되게 널널해 보인다"라고 말을 건다. 시계를 보니 아침 7시 40분이다.

"아이고 부장님, 무슨 말씀이세요. 이제 20분만 지나면 전쟁이에요."

"아침 시간 활용해서 공부하면 되겠네. 너 부동산 중개사 시험 한번 쳐봐라."

아무 생각 없이 "에이, 내가 공부하면 그 정도는 따죠"라고 했다. 그러자 그가 푸하하, 웃으면서 "10만 엔 빵 내기할까? 너 죽어도 못 따."라고 진지하게 물어온다. 참고로 그는 중개사 자격증과 파이낸셜 플래너 자격증 소지자다.

그의 죽어도 못 딴다는 말에 전투적 심정이 된다.

"알았어요. 내가 올해 부동산 자격증을 따면 10만 엔 주시는 겁니다."

"그래 알았어. 대신 떨어지면 네가 나한테 주는 거다. 이야, 이렇게 10만 엔 공돈이 생기다니 고맙다, 아주 고마워. 푸하하하."

그와의 대화 후 일일 조회를 하고, 나는 당장 우에노 쓰타야 TSUTAYA 서점에 달려가 부동산 중개사 입문용 만화를 샀다. 인터넷으로 알아보니 처음엔 만화를 읽어보는 게 좋다는 의견이 많았기 때문이다. 그래서 한 권 아무거나 골라잡았는데, 의외로 술술 읽혔고 전혀 위화감 없이 금세 다 읽었다. 이틀도 안 걸렸다.

알고 보니 이게 대단한 속도라고 한다. 보통 사람들은 만화책을 읽는 것만 보름은 걸린단다. 생소한 단어들 때문이다.

그런데 나는 이 부분에서 상당한 어드밴티지를 입고 있었다. 자격증만 없을 뿐 부동산 실무를 몇 년 동안 담당했다. 술집 테츠야를 하기 전에 이미 부동산을 거래했고, 앞에서 말했지만 술집의 목적이 부동산으로 만난 거래처를 위한 아지트였다. 당연히 부동산의 흐름은 꿰고 있다. 부동산의 '부'도 모르는 보통 수험생들이 가장 힘들어하는 게 무엇일 것 같은가? 바로 '단어' 및 '용어'다. 일본인들도 처음 접하는 생소하고 어려운 용어들이 만화에도 속속 등장한다. 나 같은 외국인은 더할 것이다. 실제로 인터넷에서는 이러한 용어의 거대한 벽에 좌절하고 포기한다는 내용의 고해성사를 올리는 친구들이 수두룩 빽빽했다. 하지만 나는 전혀 위화감이 없었다. 피후견인, 보좌인, 보조인, 무권대리, 선의와 악의의 개념, 제3자 양도, 증여, 시효, 소멸, 의사표시 등등 일반인에게는 어려운 민법 및 부동산 용어들이 매우 자연스럽게 읽혔다. 이 부분이 가장 컸다.

하지만 절대적인 시간이 부족했다. 엄청나게 바빴다. 인테리어 본업은 물론, 부업으로 언론에 기고하는 칼럼이 있었고, 휴일에는 아이들과 놀아야 한다. 지방에 출장이라도 갈 땐 본업에만 매진해야 한다. 도저히 '제대로' 책상에 앉아 공부할 시간이 안 난다.

그래서 궁여지책으로 생각한 것이, 일단 텍스트라도 소설책 읽듯 통근시간에 통독하자는 것이었다. 몇 개월간 모르는 단어가 있더라도 일부러 찾아보거나 하지 않고 주욱 수험서를 읽어 내려갔다. 출근 전철은 늘 만원이라 힘들지만, 퇴근할 땐 충분히 읽을 수 있었다. 하루에 1시간씩 한 6개월은 읽었으니까 180시간을 투자해 각 분야(민법 및 권리관계, 택건업법(宅建業法, 부동산법), 건축기준법, 소방법 등 법령 제한, 부동산 등기법)를 서너 번은 읽었다.

## 問24：問題 (不動産取得税)

不動産取得税に関する次の記述のうち、正しいものはどれか。

1. 不動産取得税は、不動産の取得があった日の翌日から起算して3月以内に当該不動産が所在する都道府県に申告納付しなければならない。

2. 不動産取得税は不動産の取得に対して課される税であるので、家屋を改築したことにより当該家屋の価格が増加したとしても、新たな不動産の取得とはみなされないため、不動産取得税は課されない。

3. 相続による不動産の取得については、不動産取得税は課されない。

4. 一定の面積に満たない土地の取得については、不動産取得税は課されない。

평생 이 문제는 잊지 못할 것이다.
물론 정답은 3번.

7월에 수험 신청 등록을 완료하고, 이후에도 따로 공부할 수 없어, 하던 대로 매일 텍스트를 눈으로 읽어 내려갔다.

그러다가 시험이 있는 10월이 닥쳐왔고 그제야 과거 기출문제집을 샀는데 하늘이 무너지는 충격을 받았다. 거짓말 하나도 안 보태고 정말 하나도 모르겠더라. 텍스트와 실제 출제된 문제는 완전히 달랐다. 지금까지 기출된 문제들은 단순히 암기한 사람이 아니라, 각각 외워야 할 것들의 근저에 자리 잡고 있는 '거래의 원리'를 파악한 사람만이 풀 수 있게 돼있는, 응용문제가 대부분이었다.

비로소 사태의 심각성을 파악했다. 10만 엔이 날아갈지 모른다는 불안감이 엄습해 온다. 황급히 달력을 보니 10월 13일이다. 시험일이 10월 21일이니, 고작 일주일 남았다.

학습용 텍스트는 그때부터 손 놓았다. 일주일 동안 과거 문제집을 풀고, 무료 유튜브만 시청했다. 보스에게 1주일간 조회, 종례만 하고 일과시간은 현장을 안 나겠다고 부탁했고 흔쾌히 허가를 받았다. 대신 보스는 "너 이렇게까지 편의를 봐줬는데 만약 떨어지면 나한테 밥 사야 한다"라고 조건을 걸어왔다. 잔인하신 분.

하지만 막판 벼락치기는 꽤 순조롭게 진행됐다. 민법, 택건업법, 토지이용법, 건축기준법 등으로 나누어진 명강사들의 강의를 하루에 12시간씩 듣고, 문제를 6시간 동안 풀었다. 자는 시간 6시간만 빼고 18시간씩 공부했다. 식당에 밥 먹으러 갈 때도, 화장실을 갈 때도 유튜브를 시청했으니까 1초, 1분도 헛되이 보내지 않았다.

문제는 모의시험이었다. 매일 6시간씩 아무리 기출 시험이나 예상 시험문제를 풀어도 항상 예상 커트라인인 35점에서 1,2점이 모자라다. 운 좋게 35점을 넘길 때도 있었지만 그야말로 가뭄에 콩 나는 수준이었고, 실제 실력은 1, 2점 정도가 부족했다.

아 참, 왜 예상 커트라인이 35점이냐면 일본의 부동산 중개사 시험은 예로부터 35점 받을 수 있는 실력이면 본시험에도 합격한다는 전통이 있기 때문이다. 모의시험 결과가 35점 이상으로 꾸준히 나오면 본 시험이 설령 쉬워도, 그러니까 작년처럼 37점 커트라인이 나와도 충분히 통과할 수 있다는 말이다.

그런데 나는 이 일주일 동안 본 모의시험 평균이 33-34점 언저리다. 이러다가 1점 차이로 떨어지겠다는 초조함이, 시간이 흐를수록 강해져 왔다. 중개사 시험은 전부 객관식이다. 하지만 서두에 말했듯 응시자의 약 15%만 뽑는 상대평가인지라 모시에서 1점 부족하면 본 시험은 반드시 떨어진다는 정설이 있는데, 내가 딱 그 1점의 덫에 걸려버린 것이다. 그렇게 야속한 시간은 흘러만 갔고, 운명의 10월 21일이 찾아왔다.

당일 아침 식탁에 홀로 앉아 마지막으로 푼 시험에서도 34점이

나왔다.

아내한테 "떨어질지도 몰라"라고 말했다. 이미 20년 전 부동산 중개사 시험에 합격한 경험이 있는 아내는 "세법에서 하나만 맞추면 돼. 오빠는 운이 따르는 사람이니까 합격할 수 있을 거야."라고 격려를 한다.

아내의 말은, 내가 아예 공부하지 않은 세법 분야에서 나오는 세가지 문제 중 하나만 운으로 맞추면 된다는 말이다. 세법은 범위가 매우 넓지만 시험문제는 세 문항만 나오기 때문에 거의 모든 수험생들이 아예 처음부터 포기한다.

아내의 근거 없는 격려를 듣고 수험장으로 향한다. 내내 '진인사대천명'이 떠올랐다. 어쩔 수 없다. 내가 할 수 있는 건 다 했으니 하늘의 선택에 맡길 수밖에.


수험장인 히토쓰바시一橋대학에 들어서는데 딱 봐도 업계 경력이 있어 보이는 인간들 천지였다. 반면 이쪽은 실제 수험공부는 일주일 벼락치기에, 커트라인 마이너스 1점이 현재의 실력이다. 시험 시간이 다가오자 두근거리기 시작한다. 도대체 얼마 만에 보는 시험인가. '평상심은 모든 것을 극복한다平常心は全てに勝る'는 말을 되뇌였다. 평명류平明流와 유수부쟁선(流水不争先, 흐르는 물은 앞을 다투지 않는다)으로 유명한 바둑 기사 다카가와 가쿠高川格 9단이

남긴 또 하나의 격언이다. 그리고 10분 동안 명상했다. 떨어져도 후회는 없다며 평상심을 되찾기 위해 노력한다. 절대적 학습량이 다른 이들에 비해 턱없이 부족하다는 것을 스스로 잘 알기 때문이다. 참고로 중개사 시험 합격자의 평균 공부시간은 300-400시간이다. 그렇게 억지로 평상심을 되찾자 시험 시작을 알리는 오후 1시의 차임벨이 울렸다. 시험시간은 2시간이다.

나는 앞부분은 건너뛰고 26번부터 풀었다.

일본 중개사 시험은 문제 순서가 정해져 있다. 1번부터 13번까지 민법 및 권리관계에서 출제된다. 14-20번은 건축기준법, 농지법, 도시계획법 등 법령 제한에 관한 부분이다. 21-25번에 등기법 두 문제, 세법 세 문제가 따로 나오거나 섞여 나온다. 그리고 26-45번이 택건업법이다. 아무래도 중개사 시험이니 택건업법이 가장 비중이 높다. 시험문제가 20개나 출제되는 이유도 여기에 있다. 나는 이 부분이 가장 자신 있었다. 46-50번은 사전에 지정된 교육기관에서 수강을 받은 이들은 면제된다. 그게 아니더라도 매우 간단한 문제가 나오기 때문에 일종의 서비스 문제로 불린다. 하지만 시간을 절약할 수가 있으므로 이 다섯 문항을 면제받기 위해 사전 수강을 하는 이들이 많다. 물론 나도 그중 하나였다.

내 작전은 일단 26-45번까지 풀고 처음으로 돌아가 1번부터 풀자, 어차피 세법 부분은 모르기도 할뿐더러 시간도 없을 테니 마지막에 대강 찍자는 것이었다. 나 같은 수험생들이 많은지 처음부터 시험지를 넘기는 소리가 도처에서 들려온다.

그런데 처음부터 꼬여버렸다. 40번부터 42번까지 수수료 계산 문제와 대리 행위를 행사할 경우 받을 수 있는 보수 금액에 관한 것 등 계산문제가 연달아 나와 버린 것이다. 정말 예상 밖이었다. 지금까지의 기출 시험들을 보면 계산문제는 반드시 하나였다. 그런데 이번 시험에는 세 문항이나 나온 것이다. 나처럼 당황한 이들이 속출했다. 앞줄 어디선가 "아!……"라는 단발마의 한숨이 터져 나오고, 연달아 감독관들의 "조용히! 조용히!"가 들려온다.

사실 부동산법의 계산 문제는 그리 어렵지 않다. 진득하게 풀면 되지만, 문제는 시간을 잡아먹는다. 그래도 일단 맞출 수는 있으므로 시간을 좀 들이더라도 풀기로 했다. 그렇게 45번까지 풀고 감독관 책상 위의 시계를 봤다. 시침과 분침이 2시 20분을 가리킨다. 큰일 났다 싶었다. 아직 스물다섯 문제가 남아 있는데 40분밖에 남지 않았다. 민법은 어떻게 풀었는지도 모르겠다. 거의 한 번 읽고 찍기 수준으로 푼다. 그래도 시간은 잡아먹는다.

권리관계 마지막 문제인 13번까지 풀고 남은 시간을 다시 확인했다. 2시 40분이다. 20분밖에 남지 않았다. 12문제가 남았으니 하나 당 40초 정도에 풀어야 한다. 등에서 식은땀이 흐른다. 그나마 다행인 것은 건축기준법과 소방법, 국토개발이용법 등 법령 제한이 간단했다. 출제자가 밸런스를 맞추기 위해서 그런 것인지 몰라도 예상문제집에서 본 문제가 꽤 보인다. 그런데 이런 문제라고 자신만만해 하게 대강 체크하다간 지옥을 맛볼 수 있다. 꼼꼼하게 읽기는 해야 한다. 21번과 22번 부동산등기법까지 풀고, 마지막 세법 세 문제가 남았다. 그 순간 감독관의 안내가 들려왔다.

"시험시간 1분 남았습니다."

어차피 모른다. 공부도 안한 거 속전속결로 찍는다. 그런데 운명의 24번 문제에서 손이 멈췄다. 그때 다시 감독관의 "30초 남았습니다"라는 말이 들려왔다. 그 문제는 '다음 부동산 취득세에 관한 설명 중 맞는 것을 고르시오.'였는데, 보기 중 3번째가 '유산으로 취득한 부동산에는 취득세가 부과되지 않는다'였기 때문이다.

전작 『어른은 어떻게 돼?』를 읽은 독자들이라면 잘 아시겠지만 지금 우리 가족이 살고 있는 단독주택은 장인어른의 유산으로 구입한 집이다. 비록 생전증여이긴 하지만 장인어른이 돌아가신 후 상속세나 증여세에 관한 설명을 세무사에게 들었던 기억이 난다. 그때 세무사가 분명히 취득세가 면제된다는 이야기를 했다. 정확하게 그 문제가 나온 것이다. 세법을 하나도 공부하지 않았지만 이

24번 문항만큼은 보기 3번이 정답임을, 불과 30초밖에 남지 않았더라도 바로 알 수 있었다. 해답지에 마킹하는 순간 감독관이 "자, 수험생들 이제 펜 놓습니다"라고 최후 통보를 했고, 다음 문제인 25번은 읽지도 않고 아무 번호에나 체크했다. 그야말로 막판까지 혼신의 사투를 벌인 셈이다.

3시간이 지난 6시부터 정답이 차근차근 발표되기 시작했다. 정답이 순차적으로 발표되는 이유는 유캔ユーキャン이나 렉크LEC 같은 유명 부동산 전문 입시학원 강사들이 직접 시험을 본 후 크로스체크를 거쳐 모두가 이게 답이라 합의에 이른 다음에야 홈페이지를 통해 정답으로 공지하기 때문이다. 페이지 리로딩을 5분에 한 번씩 할 때마다 새롭게 등장하는 정답을 아내, 아이들과 함께 체크하면서 나는 일찌감치 절망했다.

전반부인 민법에서 7점, 법령 제한에서 6점, 등기법과 세법에서 2점을 맞아 25문제 중 15점밖에 못 받은 것이다. 100퍼센트 떨어졌다고 생각했다. 답을 불러주는 큰딸 미우의 목소리가 어쩜 그리도 얄밉던지. 그런데 어라? 후반부가 시작되자 상황은 일변했다. 26번부터 45번까지 미친 듯이 맞기 시작한 것이다. 부동산법 20문제 중 17점을 획득했다. 나머지 46번부터 50번까지는 앞에서 말했던 사전 수강으로 인해 면제 문항이다. 즉 5점을 추가로 얻는

다. 이게 어떻게 된 거야? 헷갈려 하는 나를 한쪽으로 밀고 아내가 계산기를 두드린다.

"민법 쪽 전반전 다 합하면 15점이고 부동산법에서 17점이니까 32점. 그리고 면제 문항 5점 합하면 37점이네. 오빠, 축하해. 37점이면 이변이 없는 한 무조건 합격이야."

"진짜야?"

큰딸 미우가 놀랍다면서 다시 정답을 불러줄 테니 검산을 해보라고 한다. 두 번 세 번 다시 채점해도 37점이다. 가족들의 환호성이 터져 나왔다. 시작은 엉망이다가 마지막에 역전 만루홈런을 때린 기분이었다. 아내는 물론 십만 엔 빵 내기를 했던 부장도 '뭐? 37점이라고? 10만 엔 준비해야겠구나. 그나저나 테츠 대단한데.'라는 메시지를 보내왔다. 유경험자들은 37점이라면 하늘이 두 쪽 나도 합격이라고 호언장담했다. 그런 말을 들으니 나도 당연히 37점이면 안정권이라 생각했다.

그런데 시간이 지나면서 각 전문학원들의 예상 합격 점수가 심상치 않다. 그들은 이구동성으로 이번 시험이 가장 쉬웠다면서 합격 점수가 사상 최고점인 2011년과 2012년의 36점을 갱신할지도 모른다고 발표했다. 심지어 38점일 가능성도 꽤 높다는 것이다. 물론 37점도 36점도 다 사정권 내였다. 2018년의 부동산중개사 시험은 커트라인 예상이 중구난방인, 중개사 시험 역사상 가장 파란만장한 것이 되어버렸다.


초조한 시간이 흘러 12월 5일 공식 발표가 났다. 합격 커트라인은 37점. 나보다 아내가 먼저 그 사실을 확인하고 메시지를 보내왔다.

'오빠 수험번호로 검색했어. 당당한 합격 축하해!!!'

아내가 보내온 합격자 명단의 내 이름을 보는 순간 보스는 물론 일본인 직원까지 환호성을 질렀다. 금세 축하한다는 메시지가 동종 부동산 업계 사장, 회장들로부터 쇄도했다. 그 순간 불현듯 24번 문제가 떠올랐다. 그 유산으로 인한 부동산의 취득세 문제가 아니었다면 100% 불합격이었을 것이다. 보기조차 읽을 시간이 없었을 테니까. 25번 문제에 했던 것처럼 아무거나 찍었을 테고 그렇다면 맞을 확률은 25%에 불과했다. 그야말로 딱 그 문제였기 때문에 맞출 수 있었다. 1초도 생각하지 않고 마킹을 했던 그 순간이 주마등처럼 스쳐 지나갔다. 그 문제가 그것이 아니었다면 나는 36점을 받고 떨어졌을 것이다. 그래서 앞으로 평생 사용할 수 있는 이 부동산 중개사 합격증은 하늘에 계신 장인어른이 주신 선물이 아닐까 한다.

"애들 키운다고 매일매일 고생하는 사위에게 자격증 하나 줄 테니까 가족들 잘 건사해라. 노가다 현장일 그거, 나이 들면 못하니까 그땐 이 중개사 자격증 가지고 번듯한 일 해. 일본 애들한테 무시당하지 말고. 알겠지?"

장인어른이 돌아가신 지 1년 6개월이 넘었지만, 그의 영혼과 마음 씀씀이는 여전히 나와 우리 가족들을 보살피고 있는 것 같다. 운명 같은 선물 더 없이 감사합니다, 장인어른.

일본의 부동산 공인중개사 자격증.
장인어른의 보살핌이 없었다면 손에 넣을 수 없었던 바로 그것.

# 어머니의
## 영업

여기 살면서 가장 많이 듣는 말은 "넌 영업을 정말 잘한다"라는 것이다. 가부키초 호객꾼 생활을 했을 때는 호객 당한 사람들이 그런 말을 했고, 술집을 할 때는 정말 내 멋대로 장사한 것 같은데도 다들 타고난 영업꾼이라 입을 모았다. 자주 오던 크라브 마마들은 시바스리갈 한 잔씩 들어가면 "우리 테츠가 여자로만 태어났어도 우에노 바닥은 다 휘어잡았을 텐데"라며 아쉬워한다. 인테리어는 설마 그렇지 않을 거라고 생각했는데, 역시 마찬가지다. 불과 몇 개월 만에 우리 건물의 빌딩 매니지먼트보다 외부 발주가 더 늘어났고, 이 외주는 거의 대부분 내가 받아왔다. 프로페셔널 영업자의 명성은 지금도 현재진행형이다. 심심하면 일을 따오니 목수 형들이나 보스가 간혹 "너는 왜 그렇게 영업을 잘

하냐?"라고 간혹 물어온다. 그때마다 "에이, 다 제가 잘 생겨서 그런 거죠"라고 농을 치지만 사실 나는 알고 있다. 내 영업 실력이야말로 어찌 보면 타고난 것이며, 이 유전자는 전부 어머니로부터 물려받았다는 것을.

어머니는 내가 중학교에 들어갔을 때부터 생선가게를 했다. 30년이 훌쩍 넘은 지금도 같은 자리, 같은 이름으로 하고 있다. 장사를 시작했을 무렵에는 너희들 대학만 가면 때려치우겠다고 했다. 그런데 누나와 내가 대학에 진학해도 그만두지 않았다. 관둔담서요, 라고 물었다. 그러자 어머니는 "니 군대 갈 때까진 해야제"라고 하셨다. 제대해서 마산에 내려가니 여전히 하고 계셨다. 누나는 그새 공무원이 됐고, 결혼을 했다. 나는 대학을 졸업한 다음 일본으로 건너왔고 벌써 18년이 흘렀다. 그런데도 아직 하고 있다. 같은 자리에서 같은 이름으로.

어머니는 영업을 하나도 안 한다. 그냥 새벽에 마산 어시장에서 적당히 떼 온 생선과 야채를 좌판에 진열해 놓고 가게 안 평상에 하루 종일 앉아있다. 깎아주지도 않는다. 밑지고 판다는 상용 어구조차 한 번도 들어본 적이 없다.

손님이 와서 좌판 근처를 어슬렁거릴 때 던지는 "어서 오이소.

오늘 생선 좋아예.” 정도가 유일한 영업 멘트였다. 손님이 깎아달라고 하면 “아이고, 뭔 소리 하노. 요즘 생선값 다 이리 한데이. 니 그런 말 하지 마라.”라며, 마치 손님을 쫓아내려는 듯 손을 훠이훠이 내저었다. 그런데 당하는 손님들도 웃긴다. 생선가게가 하나만 있는 것도 아니고 다른 데 가서 사면 그뿐인데 웃으면서 지갑을 꺼낸다. 어머니의 반말을 들어가며 말이다.

그런 어머니가 답답해 내가 가게 앞에서 영업을 하려고 한 적이 있다. 영업이라 해봐야 별거 없다. 장바구니를 든 행인들이 가게 앞을 지나가면 “오늘 갈치가 좋습니더, 고등어가 좋아예, 오징어가 쌉니더. 오늘 생선 좋은 거 많이 들어왔어예” 같은 구수한 마산 사투리 한마디씩 던지는 정도다.

그런데 그걸 하려고 하면 어머니가 득달같이 달려 나와 쏘아붙인다.

“현아! 니 뭐하노. 그런 거 하지 마라. 남사스럽게…”

거짓말 같지만 정말 이러신다. 혼자서 장사를 하는 분이, 지금이야 물론 경력 30년 넘었으니 이러실 수도 있겠지만, 내 기억으론 장사를 처음 시작할 때도 이랬다. 주위에 대형마트가 들어서도, 재개발이 진행되어도 더 팔려고 하지 않았다. 딱 먹고 살 만큼만 하자, 내 새끼 먹여 살리면 된다는 마음가짐이라고나 할까. 그런데 그 '내 새끼'들도 알아서 잘 컸다. 누나는 객관적으로 봐도 확실히 잘 컸고, 나는… 뭐, 이 정도면 잘 큰 걸로 하자.

한 번은 이런 어머니의 신기한 장사와 영업 이야기를 보스와 나눌 기회가 있었다. 현장에서 현장으로 도요타 하이에이스 승합차를 타고 이동하는 길이었다. 어머니가 가족 단체 채팅방에 가게 사진을 올렸다.

내 옆에서 운전대를 잡고 있던 보스가 그걸 얼핏 보더니 "테츠야, 너희 어머니 아직도 생선 장사하시냐?"라고 물어온다. 그래서 변함없이 하고 계신다 말했다. 그러자 보스는 잠깐 눈을 껌벅껌벅하더니 몇 초 지나서 갑자기 "너희 어머니 최소한 현찰 5억은 가지고 계시겠다. 아니 10억 정도는 있겠다"라고 말한다.

그게 무슨 계산법인가 싶어 어리둥절하고 있으니 이렇게 물어온다.

"마산 집 그거 너희 집이지?"

"네. 제가 군대 있을 때 샀어요."

"은행에서 융자 받고 그런 거 없지?"

"현찰로 샀다고 들었어요. 뭐, 마산은 싸니까."

"그리고 가게는? 임대료 내냐?"

"아뇨. 가게도 어머니 것. 재개발되고 새 건물 들어올 때 아예 사셨죠."

"그게 몇 년도야?"

"나 일본 오고 얼마 안 돼서 그런 것 같은데."

"거 봐! 옛날에 다 한 거잖아. 전부."

"네? 그게 무슨 말씀이에요?"


보스는 답답하다는 듯 나를 쳐다보며 "너 그리 계산이 안 돼서 부동산 시험 합격할 수 있겠냐?"라며 한숨을 내쉰다.

"너 일본 온 지 이제 얼마나 됐냐?"

"이제 17, 18년 됐죠."

"너희 누나는 공무원 몇 년 차지?"

"22년 차요."

"자 그럼 평균으로 20년 잡자."

"뭘 20년 잡아요?"

"버는 족족 돈을 모은 세월. 그러니까 어머니 수입이지. 너희 어머니, 아버지 따로 가계부 쓴다며. 그러니까 어머니가 번 건 전부 다 어머니 거잖아. 그런데 너희 어머니 매일 일하신다며. 새벽부터 밤까지"

"그건 그렇죠. 추석이나 설날에도 제사만 모시고 나가시니까."

"자, 하루에 아주 적게 잡아서 20만 원만 번다고 생각해 보자. 이

이렇게 살아도 돼

것저것 다 떼도 무조건 10만 원은 남을 거야. 임대료도 안 내니 더 남을 것 같지만 10만 원 잡고. 그럼 한 달에 300만 원이잖아. 1년 이면 3,600만 원, 10년이면 3억 6천, 20년이면 7억 2천만 원이다."

"어? 진짜네…."

"집 살 때 현찰로 샀다며?"

"네."

"가게도 현찰로 샀다며?"

"그러고 보니 진짜 그렇네요."

"그게 20년 전이면 당연한 거 아니냐. 넌 영업도 잘하고 다 좋은데, 돈 계산을 너무 못해. 테츠야, 에구 이놈아…….

음, 일견 이 말도 맞는 것 같다. 그런데 이상하다. 어머니가 그만큼의 현금을 가지고 있는 부자라면 왜 지금도 매일같이 새벽이슬을 맞아가며, 무거운 대야를 들고 (아무리 집과 가까운 거리라지만) 언덕길을 1년 365일 오르락내리락하실까. 그것도 영업 따윈 하나도 하지 않고 말이다.


이런 내 마음을 읽었는지 보스가 파란 신호등을 기다리며 정면을 주시한 채 차분히 설명한다.

"우리 할머니 이야기 너한테 안 했나? 우리 할머니도 생선 팔았는데 할머니는 아예 가게도 없이 장날이 되면 바구니에 생선 담아서 몇 리 길을 걸어가고 했어. 당시 국민학생이던 내가 몇 번이나 따라갔으니까 잘 알지. 그런데 우리 할머니도 영업 한 번을 안 했다. 그냥 장터 한구석에 돗자리 깔아놓고 가져가신 생선 늘어놓은 후에 파는 거야. 주무시기도 했고, 그 옆에 기대어 나도 할머니랑 같이 졸기도 하고. 그러다가 잠에서 깬 내가 심심해서 사람들한테 '생선 사이소!'라고 외치면, 주위 상인들은 웃지만, 할머니는 너 지금 뭐 하냐면서 화를 내셨거든. 부끄럽다 이거지. 당신도 부끄러운 일이라 여기시는데 귀여운 손자가 저러니 얼마나 창피하셨겠니? 네 어머니도 그런 심정이었을 거다. 아마……."

말끝을 흐리는, 보스의 차분한 설명을 듣다 보니 정말 그랬을 것 같다는 생각이 들었다. 그렇다. 사실 어머니는 부끄러워했다. 당신의 몸에 항상 배어있는 생선 냄새를. 그 생선 냄새가 나한테 옮겨갈까 봐 가게도 오지 말라 했던 유년 시절의 기억이 떠오른다. 그러다 보니 일부러 하는 영업도 부끄럽다. 가정을 건사하기 위해 부끄럽고 남우세스러운 일을 한다고 생각하신 거다. 당연히 적극적으로 나서서 뭔가를 하기 어렵다. 아들이 철모르고 영업한답시고 날뛰면 화를 내는 이유가 납득이 갔다. 생각이 여기까지 미치자 갑자기 궁금해졌다. 보스에게 물었다.

"그런데 할머니는 언제까지 생선 파셨어요? 우리 어머니는 만날 관둘 거라 하던데."

"푸하하하하!!!"

그가 폭소를 터뜨리며 나를 쳐다본다.

"야야, 어쩜 그리 두 분이 똑같으시냐. 우리 할머니도 만날 관둔
다 관둔다 하시더니, 결국 돌아가시기 한 달 전까지 하셨거든. 장
사 그거 안 하면 오히려 병나니까 장사하시는 동안은 그냥 건강
하신 거구나 생각하고 좋게좋게 생각해라. 생선 파는 양반들은 참
어쩌면 그리도 비슷하냐, 푸하하하."


보스와의 대화가 끝나자 문득 어머니의 목소리를 듣고 싶어졌
다. 보스도 이런 내 기분을 눈치챘는지 "오래간만에 안부전화나
드려"라며 국제전화 전용 핸드폰을 꺼내준다. 전화벨이 한동안 울
리더니 정겨운 목소리가 들려온다.

"여보시요?"

"어머니. 저예요."

약간 울컥한 심정이 된다. 그런데 나라는 걸 확인한 어머니는 갑
자기 톤이 높아지며 속사포를 쏜다. 하지만 보스 말마따나 여전히
건강하시긴 한 것 같다.


"아들! 지금 내 바쁘니까 나중에 전화해라. 니는 맨날 엄마 바쁜

시간에 전화한데이. 난중에 통화하제이. (사이) 응, 그래. 이거는 2마리 만 원. 아이고 니 뭐라 캐쌌노? 요즘 고등어 금값이데이."

절대 깎아주지 않는 평상시와 다를 바 없는 영업 멘트가 수화기 너머로 들려오는 걸 보니 말이다.

한국전쟁 직후가 아니라고, 지금까지 몇 번을
설명했는지 셀 수가 없다.

갓 태어난 큰 딸 미우를 안고
미소를 띠는 어머니.

03

이렇게
살아도 돼

# 편의점
# 인간

　　어머니 이야기를 한 김에 일본의 가족 이야기도 조금은 풀어봐야 할 것 같다. 2018년 가을에 이미 네 자녀들을 중심으로 엮은 가족 이야기를 『어른은 어떻게 돼?(어크로스, 2018)』에서 풀어놨기 때문에 이번에는 별로 쓸 게 없을 줄 알았는데, 그게 아니었다. 아이를 키워본 분들이라면 공감하겠지만 정말 아이들은 금방 자라고 그 성장에 맞춘 잡다한 에피소드도 무한 증식한다. 보통 주말을 같이 보낸 아이들과의 평범한 일상만으로도 소책자 한 권은 충분히 나온다. 아무튼 그중 몇몇 흥미로운 에피소드를 이번에도 조금 넣어볼까 싶어 아이들의 의사를 타진했다. 그런데 말을 꺼내자마자 큰 아이 미우가 맹렬하게 반대한다.

"나는 이번에는 넣지 마. 무조건 싫어!"

설득할 여지조차 없는 단호한 태도다. 거부할 수 없는 제안으로 뭘 제시할까 고민할 겨를이 없다. 무조건 싫다고 하니 아예 제안 자체가 성립하지 않는다. 아, 오해하진 마시라. 여전히 미우와 나의 관계는 좋다. 같이 도서관으로 데이트도 하고, 외출도 자주 한다. 미우의 시합이 있는 날에는 관전을 하고 주말에는 여전히 100회 이상 공을 던지고 받는다.

그런데 책에 자기가 등장하는 것은, 절대로 싫다고 한다. 두어 번 물어봤는데 같은 태도를 취하니 어찌할 도리가 없다.

심지어 두 번째 거래(?)에선 말을 꺼내자마자 식탁에서 벌떡 일어나 2층 자기 방으로 올라가 버렸다. 방문을 쾅! 소리가 울리게끔 닫더니 다시 살짝 열고 "아, 소리가 컸네. 미안"이라고 일단 예의 바르게 사과는 한 후 철컥! 방문을 잠그는 걸 보며 "야, 너희 언니 왜 저러냐?"라고 둘째 유나(초등학교 6학년)에게 물었다.

그러자 유나가 내 황당해 하는 얼굴을 한동안 쳐다보더니 깔깔거리며, 그것도 모르냐는 투로 간단명료하게 말했다.

"어휴, 아빠! 미우, 이제 중2잖아. 깔깔깔"

아, 그렇구나. 질풍노도의 시기이자, 세상 모든 중학생의 8할은 걸린다는 중2병의 본령이 찾아오는, 세상 모든 부모들이 이구동성으로 언급하는 공포의 상징 중학교 2학년생. 단 한 줄로 나를 설득시킨 유나를 그윽하게, 애타는 눈빛으로 쳐다봤다. 금세 눈이 마주친다. 내 눈빛을 본 유나가 다시 웃으며, 예의 기분 좋은 목소리 톤으로 말한다.

"응. 나는 괜찮아. 이번엔 내 이야기 써. 깔깔깔."

원래 아이들의 에피소드들은 거의 모아두는 편이다. 언제 출판 클라이언트로부터 아이들 이야기 또 한 번 쓰자는 제의가 들어올지 모르기 때문이다. 아이들 이야기에 관한 한 언제라도 글 공장을 돌릴 준비가 되어 있어야 한다. 다만 이번엔 유나의 허락을 받았으니 그와 관련된 에피소드를 뽑아봤고, 그렇게 해서 나온 것이 바로 '편의점 인간'이다. (혜성처럼 등장한 작가 무라타 사야카村田沙耶香가 쓴 같은 제목의 아쿠타가와芥川 수상작이 있긴 하지만, 도저히 다른 제목이 떠오르지 않아 그대로 차용한다.)

발단은 1년 6개월 전으로 거슬러 올라간다. 오랫동안 매물로 나와 있던 옆집이 팔렸고, 해체 공사가 시작됐다. 지어진 지 50년은 족히 되어 보이는 오래된 가옥을 밀어버리고 평지로 만들더니 금세 뚝딱뚝딱 집 두 채가 들어섰다. 원래 40평 정도 되는 대지였는데, 20평씩 분할 등기를 해 신축 분양주택으로 만든 것이다. 집이다 완성되자 예상대로 분양한다는 입간판이 섰다. 아베 정권의, 과장은 섞였겠지만 그래도 도쿄 올림픽 전 마지막 건설 버블 열풍이 불던 풍요로운 시대였다. 누가 땅을 사서 건축회사에 의뢰해 짓는 것이 아니라, 고가네이小金井 시의 지역밀착형 소규모 부동산 개발 회사가 먼저 땅을 구입한 후 집을 짓고 파는 거다.

이 회사는 나도 전철역을 오고 가다가 몇 번 봤다. 무슨 회사인가 궁금증이 도져 등기를 떼어보니 자본금이 2,000만 엔 밖에 안 된다. 자본금 2천 짜리 회사가 저 정도 현찰을 굴릴 수 있다니. 결국 은행에 돈이 남아돈다는 말이다. 입간판에는 한 채 당 4,780만 엔에 판다고 적혀 있다. 두 채니까 도합 9,560만 엔이다. 역순으로 계산해보면 이 땅을 4,000만 엔에 샀고 주택 두 채를 짓는데 적어도 4,000만 엔은 들었을 것이다. 즉 8,000만 엔 들여서 6개월을 굴려 1,560만 엔 남기는 장사다. 사업적으로는 매우 짭짤하다. 하지만 은행융자가 나오지 않는다면 시도할 수조차 없다.

그런데 은행이 척척 융자를 해준다. 잃어버린 20년 시대에는 생각조차 하지 못했을 법한 비즈니스가 성립되는 걸 보면 확실히 버블은 버블이다.


분양 입간판이 들어서고 한 달이 채 안 되었을 무렵이다. 계약이 성립됐는지 이삿짐이 분주하게 오고 간다. 다음날 아침 출근길에 힐끗 쳐다보니 닛산 자동차의 '큐브'가 주차돼 있다. 우리 같은 대가족은 아닌가 보다. 아무튼 그다지 진지하게 생각하진 않았다.

같은 주 일요일 오전, 집에 몇몇 아이들과 앉아 바쿠쇼몬다이爆笑問題 예능 프로그램을 보고 있는데 초인종이 울린다. 일요일만 되면 항상 '놀자!'고 찾아오는 동네 아이들이 있어 개네들인가 보다 하고 문밖으로 나갔다. 그런데 아이들이 아니다. 기노쿠니야紀伊国屋 쇼핑백 사이로 얼핏 보이는 일본식 과자和菓子를 든, 나보다는 젊어 보이는 남녀가 서 있다. 보자마자 알아차렸다. 옆집에 이사 온 가족이 인사하러 왔구나. 젊은 부부 사이에는 초등학생으로 보이는 여자아이도 같이 서있다. 이유는 모르겠지만 긴장한 얼굴로, 부모의 손을 꼭 잡고 있는 것이 느껴진다.


"안녕하세요. 며칠 전 옆집에 이사 온 사이토라고 합니다."

"아, 네. 집이 새로 지어졌기에 조만간 입주하시겠구나 생각했습니다. 잘 부탁드립니다."

의례적인 인사를 나누는데, 우리 집 2층 베란다에서 유나가 고개를 내밀더니 큰 소리를 지른다.

"앗! 마야짱이다."

부모의 손을 잡고 조금은 움츠리던 기색이었던 '마야'라는 아이의 표정이 환하게 변한다.

"유나짱!"

그리고 나에게 시선을 돌리면서 "어! 여기 유나짱 집이야? 아! 유나짱 파파구나."라고 놀라움과 신기함이 가득한 눈빛을 띤다.

알고 보니 이사하기 전에 이미 전입신고를 끝내고, 학교는 미리 전학 수속을 밟았다고 한다. 유나와 같은 학급이 됐고, 유나가 마침 마야가 전학하는 주의 학급 위원(주번)이었던지라 이런저런 도움을 줬다고 한다. 그러면서 금세 친해졌다. 즉, 마야에게는 사실상 첫 번째 새 학교 친구가 바로 유나인 셈이다.

유나가 우당탕 소리를 내며 계단을 뛰어내려 오더니 냉큼 문밖으로 나온다.

"와! 마야가 옆집으로 이사 온 거야? 너무 잘 됐다. 기뻐."

유나는 손을 내밀었고 그때까지 긴장한 기색으로 부모의 손을 꼭 잡고 있던 마야는 이내 유나의 손을 맞잡았다. 그리고 둘은 누가 먼저랄 것도 없이 "우리 놀다가 올게!"라고 외친 후 집 앞, 그러니까 우리 집과 마야 집 앞에 걸쳐있는 공원으로 뛰어갔다.

사이토 부부와 나는 덩그러니 남겨진 채 서로 마주 보며 허허허 웃었다.

"새 학교라 적응을 잘 할까 걱정했는데 유나짱이 많이 도와준다고 고맙다고 하더군요. 그런데 옆집이었다니, 이것도 다 인연인가 봅니다."

"그러게요. 저희도 이사 온 지 이제 2년 밖에 안 됐으니까 서로 도와가며 잘 지내죠."

그렇게 가벼운 인사를 끝내고 헤어졌다.


공원에서 놀던 유나는 한 시간 여가 지난 후 집으로 돌아왔다.

마야가 되게 착하고 좋은 애라면서 칭찬을 늘어놓더니 "옆집이라니! 너무 놀라워!" 소리를 몇 번이나 반복한다. 지금까지 살아온 인생 중에서 가장 큰 서프라이즈인 양 말이다. 그러다가 유나가 말했다.

"아 참, 근데 마야짱 아빠랑 엄마 일하는 곳도 무지 가까워."

"어딘데?"

"무사시코가네이武蔵小金井 역 앞 패밀리마트 편의점에서 일해."

"아, 그래? 한번 가봐야겠네. 그쪽으론 별로 안 갔는데."

유나에게 처음 이 말을 들었을 때는 당연히 사이토 부부가 프랜차이즈 형태로 편의점을 운영하는 것이리라고 생각했다.


며칠 후 여느 때와 다름없이 무사시코가네이 역에서 내렸다. 원래대로라면 집으로 오는 길에 있는, 매일 들리는 세븐일레븐으로 가야 하지만 그날따라 문득 반대 방향의 도로 건너편 패밀리마트 간판이 눈에 들어왔다. 유나의 말이 연이어 기억나 일부러 그쪽으로 발걸음을 옮겼다. 들어가기도 전에 유리 자동문 너머로 남자 쪽 사이토 씨가 보인다. 일본은 결혼하면 대개의 경우 아내가 남편 성을 따르기 때문에 성이 같아진다.

사이토 씨는 나를 발견하지 못한 것 같다. 플라스틱 쇼핑박스에 빵 몇 개를 넣고, 카운터로 갔다. 드립 커피도 추가로 주문했고, 그제야 사이토 씨는 나와 눈이 마주쳤다. 반갑게 인사해 온다.

"아, 박상 안녕하세요."

"유나한테 여기 계신다는 이야기 들어서 한번 찾아와 봤습니다."

"안 그래도 아까 애들도 왔다 갔습니다. 일부러 찾아주셔서 감사합니다. 하하하."

그 역시 옆집에 사니까 잘 안다. 보통이라면 집 방향의 세븐일레븐에 가야 한다는 것을. 꽤 바빠 보였던지라 대화는 거의 하지 못했고, 사이토 씨는 능숙한 손놀림으로 바코드를 찍어가며 계산을 한다.

그러는 동안 명찰을 봤다. 사이토 다카시斎藤隆. 성은 알았지만 이름은 몰랐는데 다카시였구나. 좋은 이름이다. 아, 그런데 점장店 長이 아니다. 점장이라면 명찰에 점장이라고 반드시 표시된다. 점장이 아니면 내 경험상 아르바이트 혹은 파트 타이머인데, 그렇다

사이토 씨 부부 미래를 설계해 준 편의점 패밀리마트.

면 사이토 씨는 아르바이트란 말인가? 묘한 혼란에 빠졌다.

에이, 설마 그렇진 않겠지. 집까지 새로 산 사람인데 뭔가 본업이 따로 있겠지. 돈을 주고 거스름돈을 받고 헤어진다. 사이토 씨가 다른 손님들을 보낼 때와는 조금 다른 톤으로 "감사합니다!"를 외친다. 나도 살짝 목례를 한다.

10여 분 걸어 집에 도착해 초인종을 누르는데, 옆집 대문이 열린다. 고개를 돌리니 이번엔 여자 사이토 씨다. 자전거를 끌고 나온다. 먼저 인사했다. 시간은 오후 7시.

"안녕하세요. 어디 나가시나 봐요."

"아. 네. 안녕하세요. 남편과 교대하려고. 출근 시프트(근무 시간표)를 그렇게 짜 놨거든요. 누군가 애는 봐야 하니까요. 호호호."

사이토 씨가 밝게 웃으며 대답한다. 그리고 1층 창문 너머 손을 흔드는 마야를 쳐다보며 말한다.

"좀 있으면 아빠가 올 거니까, 연어 구워달라고 해. 그럼 엄마 다녀올게."

마야가 고개를 끄덕이며 "잘 갔다 와!"라고 말한다. 사이토 씨는 자전거 페달을 힘차게 밟는다.

오래 전부터 이런 생활을 해왔는지 두 사람의 행동에는 주저함이 없다. 매일 발생하는 루틴일 테다. 그날 저녁 아내로부터 이런 말을 들었다. 다른 마마토모(ママ友, 같은 학교에 다니는 아이 친구의 엄마)들한테 들었고, 교차 검증이 끝난 이야기, 즉 팩트라고 한다.

"원래 사이토 씨 부부는 이자카야(일본식 선술집)에서 아르바이트를 하다가 만나 결혼했대. 그런데 그때 이자카야 점장이 독립을 해서, 패밀리마트 편의점을 열게 된 거야. 둘이 일도 잘하고 성격도 좋으니 편의점을 도와달라고 부탁했다네. 정식 직원으로 채용할 여유는 없었나 봐. 그런데 둘 다 그냥 아르바이트로 일해도 괜찮다고 했고, 거기서 일한 지 9년이나 됐단다. 시급은 다른 사람들보단 확실히 좀 많이 받고 나중에 점장이 은퇴하면 그 패밀리마트를 인수하기로 했나 봐. 옆집 살 땐 점장이 보증도 서주고, 돈도 빌려주고 암튼 되게 끈끈한 사이인가 봐."

아내는 고구마튀김에 블랙 드립 커피를 마셔가며 아무렇지 않게 말했지만 나는 놀라움을 감추지 못했다. 아니, 솔직히 귀에 들어오지도 않았다. 이야기 자체도 드라마틱하지만 결정적으로 아르바이트를 하는 부부가 단독주택을 살 수 있다는 사실이 너무나 신선했기 때문이다.

그런데 또 생각해 보면 불가능한 것 같지도 않다. 9년 차 아르바이트니까, 게다가 조금 더 챙겨준다고 했으니까 시급은 1,200엔 정도는 될 것이다(2019년 도쿄도의 최저시급은 985엔). 하루에 8시간씩 일한다면 8시간×1,200엔×25일, 즉 24만 엔 정도다. 소득세 등을 뗀다고 하더라도 20만 엔은 충분히 받을 것이다. 부부 둘 다 일하니까 합하면 40만 엔. 사이토 씨 부부는 30대 중반이니 개인당 소득은 적은 편이지만 가계소득으로 보면 보통 샐러리맨 가정과 크게 다를 바가 없다. 아르바이트 한 우물만 파서 집도 사고, 아이도 낳아 잘 기르고 있다.

나아가 점장의 말이 사실이라면 저 패밀리마트는 나중에 이들이 경영할 것이니 아르바이트로 자신들의 미래를 연 셈이다. 그래서인지 몰라도 짧게나마 경험한 그들의 표정은 자신감이 넘치고 당당했다. 일에 대한 부끄러움은 찾아볼 수 없었다.

현실에서 마주친 편의점 인간. 아쿠타가와 수상작인 동명의 소설은 그렇게 우울할 수가 없었는데 현실은 전혀 그렇지 않구나. 사이토 씨 부부와 마야짱, 건투를 빈다.

이렇게 살아도 돼

# 믿음의
# 힘

아이들이 늘어나면서 이사를 한번 하긴 했지만, 이 동네를 떠나 본 적은 없다. 한번 이사한 것도 누쿠이기타마치貫井北町에서 누쿠이미나미마치貫井南町로 이동한 것뿐이다.

기타는 북, 미나미는 남이란 의미인데, 선로 하나를 사이에 두고 같은 동네의 북쪽에서 남쪽으로 이사했다는 뜻이다. 벌써 10년 넘게 산 동네다. 전학 한번 해 본 적 없이 큰 아이부터 막내까지 고가네이에서 유치원과 학교를 다닌다.

동네에서 열리는 축제 및 자원봉사에도 적극적으로 참여하는 바람에 또래 아이들은, 학교 학년 구분 없이 모조리 다 알고 있다. 특히 사회성이 활발한 유나와 같이 길을 걷다 보면 100미터를 조용히 못 간다. 유나가 먼저 말을 걸거나 상대방이 말을 걸어올 경

내 눈엔 모든 것이 완벽하고 심지어 존경스럽기까지 한 둘째 유나.

우 유나가 친절히 응대하기 때문이다. 반면 큰 딸 미우는 그렇지
않다. 상대가 말을 걸어오면 응대는 하지만, 먼저 말을 걸진 않는
다. 가벼운 눈인사로 해결한다. 그런 태도 때문인지 몰라도 유나의
인기는 꽤 높고 많은 아이들이 유나와 어울려 노는 것을 즐긴다.
요즘 표현대로 하자면 '핵인싸'라고나 할까.

그런 유나에게 최근 사건이 발생했다. 평일이라 나는 당연히 현
장에 나가 있었다. 아내로부터 휴대폰 메시지가 도착했다. 내용은

'유미가 우리 집에 놀러 왔다가 방금 집으로 돌아갔는데 그 후에 유나 지갑이 사라졌다'라는 것이었다. 유미가 누군지 감조차 안 와서 아내에게 전화를 걸었다.

"유미가 누구야?"

"응. 같은 반 친구 중에 유미라고 있어."

"나도 아는 아이?"

"음……. 얼굴 보면 알 수도 있겠지만 직접 이야기해 본 적은 없을걸?

"그래도 함부로 의심하면 안 되니까 한 번 더 뒤져봐. 집에 있을 수도 있지."

"안 그래도 지금 찾고 있는 중이야."

"그래. 찾아보고 다시 연락해."


이때만 하더라도 대수롭지 않게 생각했다. 사람을 함부로 의심하면 안 되니 아내의 말도 조심스러웠고, 이후에 다시 '아무리 찾아봐도 안 나온다'라는 아내의 메시지에는 '한 번 더 잘 찾아봐. 집에 없으면 딴 데 흘린 거 아냐?'라고 답을 보냈다. 그런데 아내의 말에 의하면 유미가 집에 와서 놀 때 유나가 자기 지갑에서 동전을 꺼냈고, 그걸로 자판기 주스를 사러 갔기 때문에 밖에서 흘린 것은 아니라고 한다.

그러면 집 안에 있을 수도 있으니까 다시 '샅샅이' 뒤져보라고 말했지만, 이때부턴 나도 포기, 아니 사실상 유미를 의심했던 것 같다. 결국 지갑은 나오지 않았다.

조심스레 유미한테 물어보라고 했다. 어떻게 물어보냐는 아내의 말에 '실수로 유나가 색이 비슷한 유미의 란도셀(일본의 초등학생 책가방, 네덜란드어 rancel에서 유래)에 넣었을 수도 있으니 혹시 본 적 없냐는 식으로다가…….'라고 지시를 내렸다. 아내는 유나를 시켜 바로 전화하게 했다. 조금 이따 유나에게 전화가 걸려왔다.

"아빠. 유미도 모르겠다는데."

"그래? 그거 참 신기하네."

"정말 어디다 뒀지? 아, 이상하네. 아까 분명히 피아노 위에 있었는데."

"아빠가 나중에 집에 가면 다시 한 번 찾아보자."

"응. 나도 다시 찾아볼게."


보통이라면 유미가 범인이다. 초등학교 5학년에 부모는 맞벌이다. 나중에 알게 됐지만 평소에도 유미가 스쳐 지나간 곳은 뭔가 없어졌다는 의혹이 있었다.

하지만 유나는 1밀리미터도 의심하지 않았다. 1층, 2층, 베란다, 거실에 욕실까지 정말 샅샅이 훑으면서 "발이 달렸나? 마법이라

이렇게 살아도 돼

도 걸린 지갑인가?"라며 장난스럽게 웃을 뿐이었다. 사실 그 지갑, 내가 유나 생일선물로 사준 것이다. 두 달도 쓰지 않은 거의 새것이다. 그 부분을 강조하니 유나는 아무렇지 않게 "아빠가 또 사주면 되지"라며 생글거린다.

유나야, 넌 친구한텐 안 그러면서 나한테는 왜 그렇게 냉정하니.

아무튼 결론은 내려야 한다. 심증만 놓고 보면 확정적이지만 물적 증거가 어디에도 없으니 사람을 의심할 수는 없는 노릇이고, 또 유미가 그 사건 이후에도 두어 번 집에 놀러 왔던 모양인데 유미도 전혀 그런 기색이 보이질 않아 유나 말마따나 '발이 달린 마법의 지갑일지도 모른다'라고 생각하고 그냥 넘어가기로 했다. 4,000엔쯤 들여 지갑은 다시 사줬고 유나가 "옛날 지갑보다 더 좋은 거 같다!"라고 기뻐하는 모습을 보니 내 마음도 풀렸다. 아무튼 그렇게 사건은 종결되나 싶었다.

그런데 1주일 후 다시 사건이 터졌다. 미야기 유즈라는 또 다른 유나의 클래스메이트가 있는데, 유미가 그 집에서 놀다 귀가한 직후 유즈의 엄마가 아내에게 메시지를 보내온 것이다.

'유미가 방금까지 놀다갔어. 그런데 유즈의 지갑이 없어졌네. 혹시 유나도 비슷한 경험이 있지 않아? 얼핏 그런 이야길 들었던 것

같은데.'

유즈 엄마도 상당히 조심스러워했다. 하지만 이쯤 되면 범인은 나온 거나 다름없다. 아내와 나는 오랫동안 라인 메시지를 주고받았다. 경찰서에 피해 사실을 신고하고 학교 선생님에게 이 사실을 알리기로 했다. 여기엔 유즈 엄마도 동참했다. 우리가 이 사건을 그냥 넘겨서는 안 된다 생각한 이유는 크게 두 가지 때문이었다. 먼저 범인임이 거의 확실한 유미의 인생을 위해서다. 상습적인 도벽이 있다 하더라도 초등학교 5학년이라면 아직 늦지 않았다. 따끔하게 지도하고 절도가 나쁜 것임을 설명한다면 고쳐질지도 모른다. 또 하나는 유나를 위해서였다. 아내와 나는 마냥 착한 유나에게 세상의 혹독함을 느끼게 해주고 싶었다. 네 친구가 너를 배신할 수 있다는 사실을.

하지만 경찰과 선생의 반응은 미지근했다. 경찰은 "피해 사실은 접수하겠지만 직접적인 증거가 없으니 수사는 불가능할뿐더러 설령 자백해서 범인이 된다 하더라도 바로 훈방된다. 나이가 아직 11살 아니냐"라며 심드렁하고 사무적인 태도로 일관했다. 학교 담임선생은 "학교 밖에서 일어난 일이라 직접적으로 개입하기가 힘들다. 다만 유미 어머니에게 이러이러한 사실이 있었다고 알리긴 하겠다."라고 말했다. 솔직히 그들의 반응이 와닿지 않았기 때문에 해결될 것이란 기대는 접었다.

　그런데 그들에게 사건을 알린 며칠 후 누가 집으로 찾아왔다. 유미와 유미 엄마였다. 그들은 사죄를 하러 가고 싶다며 아내에게 연락을 해왔다. 선생으로부터 이야기를 들은 유미 엄마가 유미를 추궁했고, 유미가 자신의 짓이라 실토한 것이다. 유미의 엄마는 아내에게 "직접 찾아가 유나에게 사과하고 싶다"라고 말했고 아내는 그렇게 하시라고 했다. 그런 후 아내는 유나에게 "지금부터 유미가 엄마랑 같이 올 거야"라고 말했다. 유나는 시계를 힐끗 보고 저녁 7시임을 확인하더니 아내에게 이렇게 반문했다.
　"뭐? 이 시간에 왜? 그것도 엄마랑 같이 온다고? 무슨 일이지?"

　아, 유나는 정말 단 한순간도 의심하지 않고 있었구나. 지갑이 사라진 첫날부터 "유미가 범인이잖아. 뭘 더 찾아보고 말고 하냐."라고 단정 지은 큰 아이 미우와는 정반대다. 유나의 심성은 잠시 후 유미와 유미 엄마가 집으로 찾아왔을 때 발휘됐다. 어딘가 어두워 보이는 그들을 유나는 밝고 활기찬 목소리로 응대했으니까.
　그리고 운명의 시간이 다가왔다. 식탁을 마주하고 유미와 유미 엄마가 나란히 앉았다. 먼저, 유미가 사실을 고백하고(하지만 사죄라는 걸 해본 적이 없는지, 아니면 절도행위가 범죄라는 사실을 모르는지 매우 담담한 어조였다) 유미 엄마가 죄송하다며 몇 번이고 고개를 숙였다. 유나는 그제야 비로소 전모를 알게 됐고, 충격을 받았는지 몸이 굳어버렸다. 시종일관 생글거리던 눈이 젖어들기 시작했다. 차마 다 듣지를 못하고 "잠시만. 나 잠깐…."이라 하더니 자기 방에 들어갔다. 잠시 후 대성통곡하는 유나의 울음소리가 문밖으로 새어 나왔다. 미우는 거실 벽에 달려있던 티슈케이스를 들더니 "어휴…." 낮은 한숨을 내뱉고 유나 방으로 들어갔다.

그런데 유미의 얼굴은 변하지 않았다. 눈물을 글썽이는 유나를 담담히 쳐다보고 있었고, 유나가 자기 방으로 들어가 우는 소리를 듣고도 '왜 울지?'라는 표정을 지었다. 어린아이니 단정 지을 수는 없지만 태도만 본다면 공감능력이 상당히 부족해 보인다.

아내가 참을 수 없었는지, 그런 유미의 행태를 보고 따끔하게, 한마디 했다.

"유미야. 유나는 네가 오기 전, 아니, 초인종을 누르고 너를 이 식탁에 안내할 때까지 너를 믿고 있었단다. 지난 일주일 동안 단 한 번도 너를 의심하지 않았어. 왜냐하면, 네가 처음 그런 짓을 했을 때 유나가 너에게 전화를 걸어서 물었잖아. 그때 네가 '지갑? 모르겠는데?'라고 했잖니. 그 말을 유나는 계속 믿었던 거야. 유나의 그런 마음에 대해 너는 어떻게 생각하니?"

그러자 유미는 아무 말도 않은 채 자기 엄마를 쳐다봤다. 그 눈빛이 말하고 있는 건 '어떻게 말해야 해?'였다. 도움을 청하는 눈빛에 가까웠다. 그런데 유미 엄마 역시 태도가 어색했다. '유미 네가 말해야지. 왜 나한테……'라는 느낌이 풍겨 온다. 침묵이 흐르자 아내가 포기한 듯 말했다.

"다음부턴 그러지 마. 시간이 늦었으니 이만 들어가세요."

유미 엄마는 연신 고개를 숙였고, 유미는 빨리 집으로 돌아가고 싶은지 엄마 팔을 끌어당겼다.


유미 모녀가 돌아간 후, 아내는 "유미가 왜 저런 깊은 어둠에 빠졌는지 엄마를 보니까 알 것 같다. 꼭 유미만의 잘못은 아닌 것 같아. 부모가 둘 다 집에 없으니 혼자 지내야 하는 점도 있고."라고 말한다.

들자마자 나는 그렇게 생각하지 않는다고 딱 잘라 말했다.

"그것과 이건 달라. 부모가 집에 없어서 걔를 신경 쓰지 못했다고 남의 물건 손을 대? 나도 어렸을 때 아버지, 어머니 두 분 다 집에 안 계셨지만 남의 물건에 손대고 그런 적은 없다. 친구들 불러서 포커 치고 담배 피우고, 술 마시고 그런 적은 있지만."

"어? 오빠가 더 나쁜 거 같은데?"

"그래도 범죄는 아니잖아!"

"그건 그렇지만. 음. 알았어. 암튼 이걸로 일단락됐네."

"그나저나 유나가 상처받지 않았으면 좋겠는데……."

정말 그랬다. 나는 항상 밝고 웃는 표정의 유나가 저렇게까지 대성통곡을 하는 것을 처음 본다. 한 번 깨어진 유나의, 사람에 대한 믿음이 어찌 될지 진심으로 걱정됐다.

그런데 그로부터 며칠 후 유나가 그런다.

"유미가 같이 놀자고 하더라. 어떻게 해야 하나 망설이다가 결국 같이 안 놀고, 다른 애들이랑 놀았는데."

"그런데?"

"유미, 친구 없어지면 어떡하지. 내일 같이 놀아줄까?"

망치로 한대 얻어맞은 기분이다. 햐… 넌 정말 세계 4대 성인의 반열에 올라가도 되겠다. 솔직히 할 말을 잃었다. 하지만 판단은 유나가 하는 것이고, 이젠 유미가 그런 짓을 하는 아이란 걸 모르는 것도 아니니까 그냥 편하게 말했다.

"유나, 네가 알아서 판단해. 단, 그러다 또 울음을 터뜨리는 상황이 오는 건 싫어. 네가 비슷한 일로 다시 눈물을 흘린다면, 그 눈물 때문에 아빠와 엄마 마음도 아파진다는 걸 생각해줘."

"응, 알았어."

그런 유나를 보더니 미우가 한마디 툭 던진다.

"에휴, 바부팅아. 저딴 도둑질이나 하는 년이랑 왜 노냐? 정신 차려."

캬, 미우가 중학생이 되더니 아주 상스러운 말도 차지게 구사하는구나. 부모가 차마 하지 못할 말 대신해줘서 고마운 마음도 내심 들었다.

그렇게 다시 며칠이 지났다. 어느 날 퇴근해서 돌아와 보니 아내가 식탁에 홀로 앉아 계산기를 두드리고 있다. 계산기 옆에 놓인 조그마한 포스트잇 메모지에는 지갑 3,980엔, 그 안에 들어있던 돈이 800엔, 마지막으로 도서 카드 500엔, 해서 약 5,000엔 정도가 적혀져 있다.

손해배상액을 산정해 유미 엄마한테 받기로 했다. 아내는 그들의 사과를 받았으니 굳이 그럴 필요까진 없다고 생각했던 것 같지만 내가 반드시 받으라고 했다. 어차피 돈은 부모가 낼 것이다. 피해액을 돌려주는 모습을 통해 부모는 물론, 아이도 마음의 반성만으로 일이 해결되지 않는다는 것을, 물리적인 보상도 필요하다는 마음을 새길 수 있다. 그러니까 도둑질을 하면 안 된다는 것을 물질적인 피해를 통해 알 수 있고, 그것이 싫어 도벽을 교정할 가능성도 있다. 물론 쓰지 않아도 될 돈 4,000엔을 다시 지갑을 사기 위해 지출했던 내 분풀이도 조금은 들어가 있었다.

그리고 다음 날 그 돈을 지불하기 위해 유미 모녀가 다시 우리 집을 찾았다. 나는 지방 출장이 있어 집에 귀가하지 못했는데, 아내에게서 실시간으로 '방금 유미 모녀가 왔다. 돈 가지고 왔고, 과자도 사 왔지만 그건 받지 않았다' 등 경과를 알리는 메시지가 도착했다.

나도 이것저것 물어보았다. 유미의 상태는 어떤지, 전보다 반성하는 기색은 있는지 등등. 그러자 '진짜인지 아닌지는 모르겠지만 저번보다는 말이나 행동이 조금 나아진 것 같긴 하다. 하지만 전반적으로 여전히 왜 반성해야 하는지 모르는 것 같다.'라는 답이 돌아왔다. 그래도 저번보다 나아졌다면 다행이지 싶었다. 전혀 변하지 않았다면, 아니, 엄마 혼자만 왔다면 그 집의 질서는 깨져버린 것이고, 아이의 갱생은 부모의 손을 떠나버린 셈이 된다. 같이 왔고, 또 손해배상에 포함되지 않은 과자를 사 왔으며(아내는 받지 않았지만), 유미의 태도도 비록 조금이나마 나아졌다 하니 괜히 내 기분이 다 좋아졌다.

순조롭게 일이 풀렸고, 피해액도 정확하게 돌려받았으니 이렇게 한 건 해결됐나 싶었는데 아내가 잠시 시간을 두고 다시 메시지를 보내왔다.

'근데 유나가 한마디 할 분위기가 되어버렸어.'

'왜?'

'돈을 돌려받고 유미 엄마가 미안하다 했고, 유미도 미안하다 했거든. 나도 앞으로 그러지 말라고 한마디 했으니, 뻘쭘하게 유나만 남았잖아. 차례대로 이야기를 한 마디씩 하니까 유나도 한 마디 하는 그런 분위기?'

'그래서 유나는 뭐라 그랬는데?'


다시 약간의 시간을 두고 아내가 메시지를 보낸다.

'もういいからこれからも仲良くして下さい。お願いします.'

이 메시지를 보는 순간 갑자기 가슴이 먹먹해졌다. 손이 자연스럽게 움직인다.

'정말 유나는 천사구나. 감동했어. 멋지고 놀라워.'

위의, 유나가 말했다는 일본어는 이런 뜻이다.

'(지금까지 벌어진 일은) 괜찮으니 앞으로도 사이좋게 지내요. 부탁합니다.'

내가 놀란 부분은 친구 사이니 반말을 쓰는 게 자연스러운 일임에도 불구하고, 그 자리가 가지는 가치를 정확하게 파악한 유나가 정중하게 존댓말을 썼다는 점이다. 간단한 두 문장이지만 흠 잡을 데 없이 간결하고 핵심을 꿰뚫었다. 아내는 다시 메시지를 보내왔다.

'유나 성격상 저럴 거라 생각하긴 했지만 그래도 '부탁합니다'라 는 말까진 안 하길 바랐는데. 뭐, 어쩔 수 없지.'

아내는 아쉽다는 표정의 이모티콘도 연달아 보내왔다. 하지만 나는 전혀 아쉽지 않았다.

바로 아내에게 이런 메시지를 보냈다.

'유미나 유미 엄마가 이번 사건을 어떻게 받아들일지 우리가 굳 이 알 필요는 없고, 다만 유나가 저런 말을 스스로 할 수 있다는 것, 저런 애티튜드를 가지고 있다는 걸 알게 됐으니, 그걸 존중하 는 걸로 이번 건은 정리하자. 나도 너도 미우도 다 그러지 말라고 했는데 자기가 그걸 다 받아들이고 저런 말을 한 거잖아. 일단 나 는 인정할래.'

그러자 아내도 '하긴. 서너 살짜리도 아니고 5학년이니까. 유나 가 알아서 하겠지.'라고 메시지를 보내온다. 아내 역시 별 걱정은 하지 않는 눈치다. 금세 다음 화제인 '그나저나 한국에서 아버님 이 보내온 선물용 김은 누구한테 보내야 해?'라는 대화로 넘어갔 으니 말이다.

아무튼 도합 한 달여를 끈 절도 사건은 이렇게 결론이 났다.

물론 유나의 저 말을 들은 유미가 유나처럼 대성통곡을 하지도 않았고, 마음속으로 감동하진 않았을 것이다.

하지만 유미가 그러든 말든 솔직히 상관없다. 유미와는 별개로 유나는 스스로 오랜 생각 끝에 자기만의 해결책을 찾아냈다. 그리고 정확하게 전달했다. 나는 그게 훨씬 중요하고 가치 있는 일이었다고 생각한다.

이 부분의 원고를 다시 쓰면서 유나를 서재로 불러 물어봤다. 이 사건 당시 5학년이던 유나는 올해 6학년이 됐고, 유미와는 여전히 같은 반이다. 요즘 유미와의 사이는 어떠냐고 물어보니 유나가 "같이 놀기도 하고 안 놀기도 하고 그래. 왜?"라고 반문한다. 지갑 사건을 다시 꺼내면 괜한 기억을 되살릴지도 모른다는 생각에 "그냥. 궁금해서."라고 얼버무렸다.

유나는 내 마음을 금세 간파했는지, 서재 밖으로 나가다가 고개만 살짝 돌려 웃으며 덧붙인다.

"요즘엔 착해. 뭐 훔치고 그러진 않아. 깔깔깔."


금세 밖으로 나가버린지라 입 밖에 내지 못했지만, 유미가 정말 착해졌다면 그건 네 덕분이란 이야기를 해 주고 싶었다.

다른 친구들 모두가 거리를 둘 때, 곁에서 '사이좋게 지내자', '잘

부탁드린다'라는 말을 해 준 너의 성정이, 물론 과도한 해석일지
도 모르겠지만, 어쩌면 나락에 빠졌을지 모를 하나의 인생을 구한
것이라고, 나는 지금도 확신하고 있다.

너의 심성이 다른 이들에게 조금이라도 좋은
영향을 미친다면 아빠 그걸로 만족해.

# 8평 삼각형 성냥갑 건물의 우메자와 씨

지금 인테리어 사무실 앞 6미터 도로 귀퉁이에 지은 지 한 50년은 되어 보이는 2층짜리 성냥갑 건물이 하나 있다. 1층은 수도 설비점인 '우메자와설비'이며 2층은 비어있다. 우메자와 씨는 올해 예순두 살이다. 도쿄도 수도국에서 근무하다가 서른 다섯 생일날 독립했다. 그때부터 이 자리에 수도 설비 가게를 열었다. 14년밖에 근무하지 않았다고 겸손하게 말하지만 수도국 출신이니 일거리는 끊이지 않았고 마진이 많이 남는 수도 설비 공사의 특성상 돈도 꽤 많이 벌었다.

참고로 노가다 판에서도 수도는 가장 많이 남는 분야 중 하나다. 한국은 모르겠지만 일본에서는 수도, 페인트, 방수 공사의 마진율은 50% 이상이다. 아니, 내 경험상으론 70%에 육박하는 것 같다.

인테리어 내장이나 조금 알았지, 수도 설비에 관해선 하나도 모를 때 지금 '주식회사 테츠야공무점'이 입점한 창고 1층 천장의 수도관 두 군데에서 물이 샜다. 이 두 군데를 고쳐 달라고 우메자와 씨한테 맡긴 적이 있는데 48,000엔을 청구했다. 수도에 대해선 보스도 나도 잘 모를 때라 그런가 보다 하고 넘어갔다.

수리는 잘 끝났고, 돈은 현장에서 바로 지불했다. 시간이 흘러 내가 직접 파이프를 만지게 되고서야 알게 됐다. 우메자와 씨는 정말 사람 좋은 인상이지만 그 작은 공사를 통해 적어도 4만 엔은 남겼구나.

저런 미소를 나도 꼭 닮아야겠다고 다짐했던 기억이 여전히 남아 있을 정도다. 물론 이 4만 엔을 인건비로 계산하면 문제는 없다. 하지만 실제 공사시간은 1시간 남짓이었다. 시급 4만 엔이다. 재료비는 후하게 쳐도 8,000엔이 안 된다. 아무리 생각해도 수도는 엄청나게 남긴다.

이유가 있다. 보통 인테리어 목수 일은 보통 사람들도 눈썰미와 손재주만 좀 있다면 할 수 있다. 구조를 변경하는 것이 아니기 때문에 눈으로 외웠다가 목재나 벽지를 사서 뚝딱뚝딱 만들면 된다. 그런데 수도나 방수, 전기, 페인트 일은 그렇지 않다. '페인트가 왜 포함되지?'라고 고개를 갸웃거리는 사람도 있을 듯한데, 도장 작업의 규모가 다르기 때문이다. 실내 페인트칠이 아니라 4-5층 건물의 외벽 전체를 칠한다고 생각해 보라. 도저히 범인이 할 수 없는 일이다.

아무튼 그렇게 돈을 많이 벌었을 법한 우메자와 씨는 꽤 괜찮은 건물로 이사해도, 아니 아예 건물을 사버려도 될 것 같은데, 27년이나 같은 건물 같은 자리, 도쿄 다이토구 이리야의 8평 성냥갑에 매일 머무르고 있다. 이웃사촌이다 보니 매일 아침 만난다. 청소하다가 인사를 하고, 요즘 경기는 어떻냐며 일상다반사와 일 이야기도 한다. 내가 보조 인부를 보내준 적도 있고, 우메자와 씨가 바빠서 도저히 할 수 없는 일을 우리한테 넘긴 적도 있다. 자연스레 사이가 좋아졌고 일상적인 이야기도 조금씩 털어놓는 사이가 됐다.

그러던 어느 봄날 벚꽃이 보기 좋게 활짝 폈다. 그의 성냥갑 건물과 우리 건물의 사이에 있는 폭 6미터의 도로에도 벚꽃 로드가 펼쳐졌다. 넋을 잃고 쳐다보는 우메자와 씨에게 자판기에서 갓 뽑은 보스 캔 커피 하나를 건네며 "뭘 그리 정신없이 쳐다봐요? 커피 한잔하세요."라고 말을 걸었다.

우메자와 씨는 화들짝 놀라며 캔 커피를 건네받곤 예의 좋은 미소를 띈다.

"아, 감사합니다."

그런데 그의 안경 너머 눈동자에 눈물이 고여 있다. 더 이상은 물어보지 않았다. 그저 우리 사무실 앞 조그만 접이식 의자에 나란히 앉아, 떨어지는 꽃잎을 쳐다보며 말없이 커피를 마셨다.

성냥갑 건물 2층에 살던 여성을 생각했나 보다. 27년간 이곳을 떠나지 못한 이유. 그리고 홀로 살던 여성은 작년 이맘때, 그러니까 벚꽃이 이렇게 떨어지던 날 돌아가셨다. 그는 아마 단 한 번도 고백하지 않았을 것이다. 비슷한 또래의 그 여성도 아마 한 번도 우메자와 씨에게 고백하지 않았다. 간혹 아침에 나와 인사를 건네는 풍경을, 성냥갑 건물 2층 조그마한 베란다에 놓인 빨래걸이에 세탁물을 걸며 쳐다보긴 했지만. 그렇게 27년이 흘렀고, 그분은 돌아가셨다.

우메자와 씨는 아직도 이 8평짜리 성냥갑 건물을 떠나지 못한다. 이 벚꽃이 빨리 떨어졌으면 좋겠네.

우메자와는 오늘도 성냥갑 삼각건물을 지키고 있다.

# 집으로 가는 길2

밤이다. 기타센주로 향했다. 역에서 나와 육교를 걸으며 그에게 말을 걸었다. 나를 경계한다. 하지만 이내 "그녀에게 돌아가도 되겠냐고 메시지를 보냈지만 읽지 않은 것 같다"라고 대답한다. 그는 집을 나왔고, 3일 동안 이 근처를 서성였다. 옷에서는 쉰내가 나고 3일, 아니 그 전날도 깎지 않았다니 4일간 깎지 않은 수염이 얼굴의 반을 차지할 정도로 덥수룩하다. 용케도 스마트폰은 쌩쌩하다. 힐끔 보니 배터리 잔량은 78%를 가리키고 있다. "앞에 파친코 가게가 있어서 거기서 충전하면 돼. 공짜야. 껄껄껄." 앞니 하나가 없다. 이상하게도 잘 어울린다.

오가와 료헤이. 53살이다. 한 달 전 유명한 소바 체인점에서 해고당했다. 술 취해 찾아와 소바를 먹고 그 자리에서 곯아떨어진 손님을 가게 밖으로 끌어내는 과정에서 실수로 손님을 넘어뜨렸고, 하필이면 그 광경을 자전거를 타고 지나가던 경찰에게 목격당했다.

"우연이 겹쳤어. 왜 그 녀석은 하필 많고 많은 소바 집 중 우리 가게에, 그것도 내가 책임자로 있던 시간에 와서 자빠져 자냐고. 당연히 난 다른 손님에게 피해가 가면 안 되니까 끌어내야지. 그런데 왜 내가 마치 일부러 넘어지게 한 것 마냥 우당탕 쓰러졌고, 왜 하필이면 그 시간에 경찰이 지나갔냐 이거야. 다 우연이지. 그런데 나만 해고당했어. 웃기지 않나? 한국인 친구."

그의 눈은 억울함으로 가득 차 있다. 처음부터, 그래봤자 불과 몇 분 전이긴 했지만 한국인임을 밝혔다. 몰래 사진을 찍다가 눈이 마주쳤다. 경계하는 눈빛으로 쳐다보기에 먼저 다가가 말을 걸었다. 한국에서 여행 온 아이폰 포토그래퍼라고 소개했다. 소니 익스페리아 한물간 버전을 쓰고 있는 그에게 멋들어지게 한껏 혀를 굴려 일본식 영어인 '호토그라파'가 아닌 '포토그래퍼'로 발음했을 뿐인데, 그는 혼자 차지하고 있던 기타센쥬역 육교 앞의 벤치 한편을 비워주며 앉으라는 손짓을 한다. 자리에 앉자마자 묻지도 않

오가와의 미래 인생에는 번잡함과 귀찮음이 사라지기를.

은 하소연을 늘어놓는다. 나는 적당히 맞장구를 쳤다.

"정말이야. 데리고 나오는데 그 자식이 갑자기 휘청거리더니 혼
자 가게 입구 문턱에 걸려 넘어졌어. 지가 잘못해서 머리가 깨진
거야. 그런데도 경찰은 내가 가해자 현행범이라며 체포하더라고.
아무리 설명을 해도 안 들어. 일단 사람이 다쳤으니 조사를 해야
한다면서. 내가 밀치는 걸 자기들이 직접 봤다니. 이게 말이 돼?
더러운 경찰 새끼들, 개자식들."

그렇게 파출소에 가있는 동안 매뉴얼에 따라 방글라데시 출신 아르바이트생이 체인점 지역본부에 연락을 했다. 24시간 영업이라는 특수한 업무 형태 탓에, 방글라데시인 아르바이트가 서투른 일본어로 "사고, 사고! 경찰, 경찰! 점장 체포, 체포!!"라고 외칠 수밖에 없었다. 그 새벽에 지역본부는 난리가 났다. 지역 매니저가 총알처럼 파출소로 달려왔다. 매니저는 오가와 점장의 보증을 섰고, 다른 날 조사받기로 하고 일단 풀려났다. 두 사람은 다음 날 응급실로 실려간 손님 문병을 갔다. 넘어지면서 머리가 찢어졌고 정신을 차린 피해자는 상황을 전혀 기억하지 못했다. 하지만 치료비와 위자료를 주겠다는 매니저의 말에 순순히 합의했다. 경찰 조사도 합의서 한 장으로 해결됐다. 악의적으로 밀어 넘어뜨리는 모습을 봤다는 경찰은 합의서 한 장에 꿀 먹은 벙어리가 됐다고 한다. 속사포처럼 쏟아지는 그의 말을 듣고 있노라니 궁금해졌다.

"그렇다면 문제가 다 해결됐는데 오가와 씨는 왜 해고당한 거죠?"
"응? 아…, 그게 그러니까…."
 그때까지 엄청난 달변이던 그가 일순 주저한다. 분명 다른 문제가 있는 것 같다. 하지만 쉽게 말을 안 한다. 주위를 두리번거리는 불안한 시선과 부끄러움으로 가득 찬 눈빛. 눈동자를 동서남북으로 굴리는 게 누가 봐도 거짓말을 하기 위한 사전 동작처럼 보인다. 그 거짓말도 왠지 재미있을 것 같아 참고 기다려 본다. 먼저 말할 때까지. 순간 오가와 씨의 스마트폰에 진동이 울렸다. 메시지 알림 창이 뜬다. 내용을 확인한 오가와 씨의 표정이 환해진다. 방금 전까지의 불안한 시선은 오간 데 없이, 나를 쳐다보며 환희에 가득 찬 목소리로 외친다.

"들어오래! 집으로!! 겨우 용서받았어! 하하하"

자리에서 벌떡 일어나 개찰구 쪽으로 간다. 몇 발자국 옮기더니 고개를 돌린다.

"한국인 친구, 내 이야기를 들어줘서 고마워. 사진 잘 찍고 좋은 여행하다가 돌아가."

그는 마지막 인사를 건넨 후 퇴근길 인파 속으로 사라졌다.

앞으로 아마 영원히 만나지 못할 사람의 3일간의 가출이다. 그가 해고당한 진짜 이유, 그리고 아마도 거짓말임이 분명한 그의 변명도 듣고 싶었지만, 어쩔 수 없다. 오가와 씨가 떠난 후 피다만 담배를 마저 피는 나를 어떤 외국인이 찍고 있는 것 같다. 셔터 소리가 들리는 걸 보니.

# 경마하는
# 날

여느 때와 다름없는 일요일이다. 와타나베 지로는 아사쿠사 장외 경마장에 간다. 자칭 50년 경력이다. 하지만 차림새는 프로 같지 않다. 유니클로나 프리마켓에서 중고로 산 듯 보이는 싸구려 옷가지를 걸쳤다. 가방을 하나 들었는데, 자기 말로는 소가죽으로 만든 고급 가방이라지만 해진 가죽 사이로 비닐이 보인다. 허세와 거짓말이 일상화된 사람이다. 경마꾼이 다 그렇지. 경마장 50년 다닌 걸 자랑스레 말하는 시점에서 가망이 없다고 치부하기엔 남은 여생이 길어 보이지 않는다. 그래, 이왕 그렇게 살아온 인생이다. 되돌리기엔 많이 늦어버렸다. 하고 싶은 거 많이 하다가 생을 마치는 것이 축복일지 모른다.

가방에는 경마정보지가 들어 있을 줄 알았다. 그런데 의외로 편지와 사진이 한 움큼이고, 경마정보지는 도쿄스포츠가 전부다. 하긴 도쿄스포츠가 경마 기사에 관한 한 가장 신뢰도가 높긴 하다. 열 경주가 열린다면 단승 한정으로 서너 개는 맞추니까.

그 편지와 사진들은 지금 기후岐阜현에 살고 있는 올해 67살 된 여동생이 두어 달에 한 번씩 보내오는 거라고 한다. 집에 놔둬도 될 것을 굳이 가방에 넣고 다닌다.

와타나베 씨의 부모는 이미 오래전에 돌아가셨고 나이 차이가 좀 나는 큰형은 태평양전쟁에서 전사했다. 유일한 피붙이가 기후현에 있는 동생인데, 그와 마찬가지로 평생 독신으로 살았다고 한다. 그녀는 모 종교단체에 빠져, 20년 전 도쿄를 떠나 본부가 있는 기후현 이케다池田 산으로 떠났다. 그 후 와타나베 씨는 도쿄 아다치足立구 아야세綾瀬의 허름한 생활보호대상자 아파트에서 혼자 산다.


무려 20년을 혼자 살면 적적할 것도 같은데 본인 말을 들어보면 그렇지도 않다.

"뭐, 나쁘진 않아. 같이 살 때 잔소리가 정말 심했거든. 마누라도 아닌 게 꼭 마누라처럼 굴었어. 오빠인 내 말은 하나도 안 듣고. 그래도 나보단 나았지. 그 녀석은 아르바이트는 했으니까. 나는 일

와타나베는 기후의 여동생을 만나러 갔을까.

을 안 했거든. 그런데 아사코가 그렇게 가버리니까, 귀찮지만 일
을 해야겠더라고. 불안하니까. 아무리 내가 경마 프로라도 말이야.
하하하.”

지로의 동생 아사코는 20년 전 기후로 떠난 후, 10년 동안 연락
이 없었다. 연을 끊고 살 생각이었던 셈이다.

하긴 당연한 일인지도 모르겠다. 오빠라고 하나 있는 게 3살 위

의 무직에 독신, 그리고 경마꾼이다. 경마꾼의 처참한 일상은 누구보다 잘 안다. 얼마나 짜증이 났을까. 그렇다고 가사 일을 잘 하는 것도 아니다. 나이 먹은 남매가 한 집에서 살고 있으니 이상한 소문도 돈다. 아사코는 떠나고 싶었을 테다. 이러다간 평생 오빠 뒤치다꺼리를 해야 할지도 모른다. 그래서 마흔여섯, 아직 인생을 리셋할 수 있는, 실낱같은 가능성이 남아있던 그때, 여느 날과 다름없이 출근해, 그 길로 돌아오지 않았다.

"근데 웃긴 게 뭔 줄 알아? 찾을 길이 없더라고. 그래도 동생인데 걱정도 되고, 혹시 무슨 일이라도 생기면 귀찮아지니까. 그런데 그 이전에 아예 뭘 어떻게 해야 할지 모르겠어. 경찰서에 찾아가는 것도 이상하잖아. 아무튼 그 녀석의 마음을 나는 하나도 몰랐던 거지. 그렇게 오래 같이 살았는데. 난 오빠 실격이야. 그렇지?"

지로는 아사코가 사라진 후 하루 1만 엔의 공사장 안전요원 아르바이트를 하며 주급으로 5만 엔 정도를 받아 그중 3만 엔을 손에 쥐고 일요일 아사쿠사 경마장을 찾길 반복했다.
그 와중에 아사코는 잊혀갔다. 그러던 2005년 4월, 아사코가 사라진 지 10년이 되던 그 해 기후현 이비 군청 생활복지과로부터 한 통의 통지서가 도착했다.

'와타나베 아사코 요양 시설 입원에 따른 보호자 확인서 제출 요
망.'

지로는 이비 군청에 전화했다. 생활복지과 공무원은 "이케다 산
에서 큰불이나 어떤 종교 시설이 피해를 입었습니다. 와타나베 아
사코는 생존자 중 한 명인데, 응급치료는 다 끝났지만 극도의 정
서불안 및 심신쇠약 증세를 보여 시설에 입원해야 합니다. 보호자
가 당신이니 확인서 제출을 해주세요."라는 말을 기계적으로 늘어
놨다. 지로는 처음에 무슨 말인가 했다. 한 번 더 물어, 똑같은 말
을 다시 듣고서야 겨우 상황을 파악한다. 하지만 아사코에 대한
걱정보다 '귀찮다'라는 감정이 먼저 밀려온다. 그래서 "내가 꼭 직
접 가야 하나? 나는 아사코를 못 본 지 10년이 넘었다. 그리고 당
장 내일부터 안전요원 일을 해야 한다." 등의 말을 쏟아냈다. 생활
복지과 직원은 이런 사례가 빈번한지 바로 답변을 했다.

"그렇다면 우리가 알아서 하겠습니다. 대신, 두 분이 직접 통화
를 한 번 해서 본인확인을 해야 합니다. 잠시만요. 바꿔드릴게요."
지로는 깜짝 놀라 "뭐요? 지금요? 아니, 아니 잠깐만…"이라며
말을 더듬지만 이미 늦었다. 천식 기운이 있는 쇳소리 가득한 여
자 목소리가 들려온다.

"오빠? 정말 오빠 맞아요?"

"맞다. 오랜만이다."

지로는 모든 걸 포기하고 아사코와의 대화에 응했다.

"오빠, 나 지금 너무 힘들어. 보고 싶어."

"그래, 당장은 못 가더라도 조만간 보러 갈게."

"꼭 와야 해. 꼭."

그 전화로부터 다시 10년의 시간이 흘렀지만 그는 아직 아사코를 만나지 못했다.

다만 2, 3개월에 한 번씩 편지와 사진을 보냈고, 그걸 받은 아사코도 답장을 보내왔다. 정신불안 증세를 치료하기 위한 플랜의 일환으로 편지 쓰기가 있다며 그 동기부여를 위해 편지를 써서 보내달라는 담당 주치의의 부탁이 있었기 때문이다. 그렇게 아사코가 보내온 편지와 사진이 어느새 수십여 통이 됐다.

마땅히 보관할 곳이 없어 가방에 넣고 다닌다고 하는데 그건 부끄러워서 하는 거짓말 같다. 그의 이야기를 듣고 제안했다.

"기후현이면 멀지도 않은데 한번 내려가 보시지 그랬어요. 경마하루 안 하고 내려가면 되지."

그러자 이런 답이 돌아온다.

"가봤자 할 말이 뭐가 있겠나. 그냥 살아있다는 걸 확인만 하면 되지. 아사코도 내가 오길 바라지 않을 거야, 아마."

쓰쿠바익스프레스선筑波エキスプレス線 아사쿠사 역에 도착했음을 알리는 안내 방송이 흘러나온다. 편지와 사진, 그리고 〈도쿄스포츠〉가 담긴 낡은 비닐 가죽 가방을 주섬주섬 챙기며 자리에서 일어난다. 그리고 짧고 굵은 혼잣말이 입 밖으로 터져 나온다.
"요시! 오늘은 꼭 이겨야지!"

에스컬레이터를 타고 개찰구로 올라가는 일흔 살, 독신, 50년 경력의 경마꾼 와타나베 지로의 눈빛이 결연하다.

# 말차
# 아이스크림

      아마 사무실 근처 맨션에 사는 남자아이일 것이다. 란도셀을 둘러 맨 모습을 몇 번 봤다. 미니스톱 편의점에서도 본 기억이 난다. 항상 란도셀을 지겨워했고, 또 란도셀의 상태가 좋지 않아 6학년인가 싶었다. 사춘기가 빨리 왔는지 매사에 불만이 가득했다.

  아빠랑 같이 우리 공무점에 찾아온 적이 있다. 수도 용품을 사러 왔는데 옆에 우두커니 서서 한마디도 안 했다. 그의 아빠가 팸플릿을 뒤적이며 관련 부품을 확인한 후 사무실 옆 창고로 들어갔다. 사무실엔 그와 나, 둘만 남았다.

  "안녕? 이름이 뭐니?"

  "에? 왜 물어봐요?"

내 딴에 전부터 몇 번 그의 얼굴을 봤기 때문에, 그리고 그 녀석
도 나를 모를 리 없으므로 인사나 할 겸 말을 걸었는데 날선 반응
을 보인다.

"야, 물어볼 수도 있지. 이웃사촌이잖아. 하하하."

"유즈루인데요."

"오! 좋은 이름이네. ゆずる. 이유의 유由에 학鶴의 츠루냐? 아니
면 비유의 유喩?"

"양보하다讓의 유즈루."

"오! 신기하네. 그 한자 이름으로 별로 안 쓰는데."

"신기하다, 아저씨 한국 사람이죠?"

"응."

"근데 어떻게 한자를 알아요?"

"뭐? 푸하하하."

귀여워서 그의 머리를 쓰다듬었다. 우리의 이러한 모습을, 원하
던 부품을 가지고 다시 사무실로 온 아빠가 보더니 새삼 놀란다.
유즈루는 머리를 한번 흔들고 나에게서 떨어진다.

"너 또 실례되는 짓 했지? 이놈의 자식이!"

"…"

아이는 아무 말도 안 했지만 그의 눈빛이 일순 적개심과 공포로 바뀌는 것을 정확히 캐치했다.

"박상, 미안해요. 이 녀석이 버릇이 없어서."

"아이고 무슨 말씀이세요. 착하고 예의 바른데요."

그렇게 말하자 조금 떨어져 있던 유즈루가 나를 쳐다본다. 의아스럽고 놀라운 감정이 담긴 눈빛으로 변해 있었다. 그의 아버지, 즉 이사키 씨는 우리 현장에도 두어 번 일한 적 있는 설비기술자다. 집도 근처에 일도 잘 하지만, 워낙 주사가 심하고 주위 사람들과 어울리지 못하는 완고한 성격 때문에 어쩔 수 없이 잘렸다. 하지만 근처에 제대로 된 공무점이 우리 밖에 없고, 또 가격이 싼지라 종종 필요한 부품을 사러 온다. 이 날은 우연찮게 사무실 앞에서 아들을 만나, 의도치 않게 부자가 함께 방문하게 됐다.

그런데 사회생활을 할 때도 완고한 그가 집안에선 어떨지 짐작이 간다. 유즈루의 눈에 일순 떠오른 적개심과 공포를 조금이나마 지워주고 싶다.

"그런데 아드님이 6학년?"

"네. 6학년인데 이 자식이 벌써 대가리만 커져 가지고 나나 지 엄마하곤 말도 안 하고 싸가지가 없어요."

상당히 놀랐다. 아이가 바로 앞에 있는데 대가리, 싸가지가 튀어

나온다.(물론 의역이다. 원래는 こいつ態度がデカくて感じ悪いし、親の 言うこと聞かないし、もう悪ガキだよ。같은 느낌으로 말했다.)


"아이고 그만해요. 계산은 현금으로?"

"네. 그렇게 해주세요."

"음, 1,800엔만 줘요."

그는 2,300엔을 꺼냈다. 거스름돈 500엔을 거슬러 주자 그가 먼저 나가고 유즈루가 고개를 숙인 채 뒤를 따랐다. 아빠는 조그마한 소형 설비 트럭을 타고, 아마 자기 현장으로 출동하면서 차창 밖으로 유즈루에게 "야! 바로 집에 들어가!"라고 외친다.


차가 사라지자 유즈루는 어깨를 늘어뜨린 채 몸을 돌려 나에게 인사를 하고 발길을 돌린다.

"유즈루."

유즈루의 발이 멈추고 고개를 다시 나에게 돌린다. 그에게, 아까 그의 아빠로부터 받은 2,300엔 중 300엔을 주며 말했다.

"이거 가져가. 미니스톱에서 너 좋아하는 말차 아이스크림 하나 사 먹어. 날씨도 더운데."

"어? 어떻게 알아요?"

"뭐 어떻게 알아. 편의점에서 몇 번 봤잖아. 너 만날 말차 콘을

사 먹더구만."

"와! 아저씨 쩐다. 아무튼 감사합니다."

그는 300엔을 받더니 쏜살같이 편의점 쪽으로 달려갔다. 아빠나 엄마한텐 비밀로 하라는 말을 까먹었는데, 뭐 알아서 하겠지. 어차피 그 300엔도 자기 아빠가 준 거나 다름없으니까. 원래 부품 값 그거 1,500엔이었거든.

부디 건강하게 사춘기를 극복하길.

유즈루 군, 건투를 빈다.

# 연서
(恋書)

항상 즐겁고 성실하고 깔깔거리던 네가 갑자기 '속상해'라는 메일을 보내면 덜컥 놀란다. 이유가 아버지 때문이라니 그나마 다행이다. 너는 약해진 아버지를 바라보며 아무것도 해주지 못한 너를 자책했지만 아비는 너한테 무언가를 받길 원하지 않는다. 너는 다시, 그래도 문제투성이인 나를 키워줬으니 보답을 해야 하는데 아무것도 못 해줘서 답답하다며 책망한다.

자책하지 마라. 아비가, 어미가 자식을 키우는 건 당연한 것이다. 너 역시 결혼을 해서 아이를 낳으면 너의 부모가 너한테 해줬던 걸 네 아이에게 할 것이니까. 그렇게 대를 이은 '의무'를 실천하며 세대는 연결된다. 너는 누가 봐도, 아니 적어도 내가 보기에는 너무 훌륭하게 홀로서기에 성공했다. 네 또래의 다른 아이들이 부모에게 징징거리고 때로는 그들의 원수가 되는 모습을 접하면 항상 너를 떠올린다.

너와 처음으로 만났던 2009년 그날을 아직도 기억한다. 아직 고등학생 티를 벗지 못했던 너. 걱정도 했지만 너는 금방 홀로 섰다. 부모의 도움 없이, 고졸이라는 학력으로. 그 홀로서기에 내 행동과 생각과 인식이 조금이라도 도움이 됐기를. 한국으로 떠난 지 몇 년이 되었지만 페이스북도 있고 카카오톡도 있다. 고민이 있을 땐 늘 그렇듯 '속상해'라고 보내라.

해결은 안 되겠지만 조금의 위안은 받을 수 있을 테다. 그리고 그렇게 세월은 흘러간다. 모든 게 순조롭게 해결되면 더 무료해지는 법이다. 문제가 생기고 해결이 안 되어 속상한 것을 털어놓으면서 위안 받고 기분이 조금 풀리면 그 에너지로 또 나아가고. 이 루틴의 '위안'은 지금까지 그래왔듯 앞으로도 여전히 내가 담당할 테니 넌 지금까지 해왔던 대로 살아가면 된다.

잘 살고 있다. 너는.

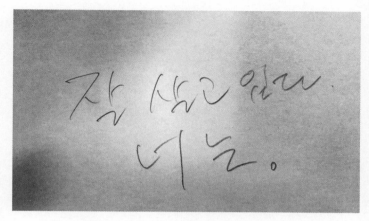

이 책을 읽은 모든 독자들에게 띄우고 싶은, '잘 살고 있다, 너는'.

# 이렇게 마냥
# 써내려 갈 생각이다.

      이로써 내 이야기는 전부 끝났다. 살다 보면 누군가의 "아마 내 이야기를 쓰면 책 수십 권은 나올 거다"라는 말을 많이 듣게 된다. 하지만 실제로 그렇게 나오는 책은 손에 꼽을 정도로 적다. 웬만한 사회 명사들조차 자서전 내기란 쉽지 않다.

  그런데 나는 무려 세 권이나 출간했으니 지금도 간혹 깜짝깜짝 놀란다. 자기 생활을 보여주는 것은 참 힘들고 어렵다. 보란 듯 성공한 삶이 아닌지라 더 그렇다. 하지만 그 삶이 어떻든지 간에 기록을 남기고, 그것이 이렇게 책이라는 이름으로 결실을 맺게 되면 그다음부턴 매우 편하다. 그때 뭐 했었지? 스스로 궁금해질 때, 혹은 아이들이 성장해 20대가 되어 "아빠 내 나이 때 뭐 했어요?"라고 물어왔을 때, 책을 펼쳐 보여주면 된다. 기억을 더듬을 필요가 사라진다.

나는 보통 사람들의 에세이, 타인의 삶을 엿보고 읽는 것을 매우 좋아한다. 만 명의 사람이 있다면 만개의 오리지널리티 가득한 역사가 있다. 그 경험들을 덩어리 몇 개로 범주화시키거나 나누는 건 무례하고 폭력적이다. 한 개인의 역사와 경험은 오롯이 그 자체로 존중받아야 한다. 그런 의미에서 이 책을 여기까지 읽은 독자들이 "이런 이야기도 책으로 나올 수 있구나. 나도 내 삶을 기록하고 싶다"라는 생각을 조금이라도 가질 수 있다면, 그리고 그러한 마음가짐에 이 책이 조금이라도 기여할 수 있다면 더 이상 바랄 것이 없다.

아무튼 에세이는 당분간 쓰지 않을 생각이다. 아니 '못 쓴다'가 맞다. 소재가 다 고갈되었기 때문에 다시 한 십 년쯤 꾸준히 비축시켜야 한다. 그래도 글쓰기는 계속할 것 같다. 일상의 루틴이 되어버렸고, 그 루틴을 언제 어디서나 표현할 수 있는 플랫폼 페이스북이 있기 때문이다. 물론 앞으로 쓰게 될 글의 장르가 무엇이 될지는 모르겠지만, '쓴다'는 행위는 죽을 때까지 계속될 것 같다. 마치 어머니의 생선 장사처럼 말이다.

다시 한 번 모든 독자들의 삶과 인생에, 내 글이 조금이라도 도움이 되었기를 진심으로 기원하며, I will be back.

2019년 6월

여전히, 이리야의 테츠야공무점에서

**이 책을 마무리하면서 떠오른 고마운 분들**

부모님, 누나,

김달범, 양경모, 아오키, 기모토 회장님.

…그리고 김치환 씨. 밥은 먹고 다니냐?

# 이렇게 살아도 돼

지금의 선택이 불안할 때 떠올릴 말

**초판 1쇄 인쇄** | 2019년 6월 18일
**초판 1쇄 발행** | 2019년 6월 25일

**글** | 박철현
**사진** | 박철현 안기석

**발행인** | 정욱
**편집인** | 황민호
**출판사업본부장** | 박종규
**편집장** | 박정훈
**마케팅본부장** | 김구회
**마케팅** | 이상훈 김학관 김종국 반재완 이수정 임도환 조안나 이유진
**국제판권** | 이주은
**제작** | 심상운
**디자인** | 데시그 윤설란

**발행처** | 대원씨아이㈜
**주소** | 서울특별시 용산구 한강대로 15길 9-12
**전화** | (02)2071-2019 **팩스** | (02)797-1023
**등록** | 제3-563호
**등록일자** | 1992년 5월 11일

© 박철현 2019

ISBN 979-11-362-0269-7 03810